Ein Koffer voller Geschichten

Erzählungen aus dem wahren Leben

Kein Tag ist so kurz,
dass man nicht
eine spannende Geschichte
erleben kann.

Leif-Erik Rauhe

Ein Koffer voller Geschichten

Erzählungen
aus dem wahren Leben

Bibliografische Information der Deutschen Nationalbibliothek:
Die Deutsche Nationalbibliothek verzeichnet diese
Publikation in der Deutschen Nationalbibliografie;
detaillierte bibliografische Daten sind im Internet
über < http://dnb.d-nb.de > abrufbar.

© 2008 Leif-Erik Rauhe
Satz, Umschlagdesign, Herstellung und Verlag:
Books on Demand GmbH, Norderstedt
ISBN: 978-3-8334-7529-0

Inhaltsverzeichnis

Die Akte

Als sich die Tür öffnet, ersterben abrupt die Gespräche im Saal. Die fröhliche Geschwätzigkeit weicht nun einem ängstlichen Geflüster. Alle starren den Mann an, dessen Umrisse sich scharf gegen den hellen Hintergrund abheben. »Das ist er, jetzt ist es so weit«, tuscheln sie tonlos. Obwohl der ganz in Schwarz gekleidete Mann nur mittelgroß und ganz offensichtlich unbewaffnet ist, geht von ihm etwas unterschwellig Bedrohliches aus, das mit Händen nicht zu greifen ist. Dieser Mann strahlt Macht aus. Eine voluminöse Tasche presst er eng an den Körper.

»Lasst ihn durch«, ruft eine Frau im schweren grauen Tweedkostüm beschwörend. Sie scheint eine Art Anführerin zu sein. »Er tut nur seinen Job.« Widerwillig bilden sie eine Gasse, die sich sofort wieder hinter ihm schließt.

Mit zusammengekniffenen Augen und undurchdringlicher Miene bahnt er sich seinen Weg durch die Menge. In manchen Gesichtern spiegeln sich Wut und Verzweiflung. Sie wissen, wozu er fähig ist. Einige weichen seinem stechenden Blick aus. Andere begegnen ihm mit unverhohlener Feindseligkeit. Aus den Augenwinkeln beobachtet er, wie eine Rothaarige nach seiner Tasche greift. »Das würde ich lieber bleiben lassen«, zischt er, »lass deine Finger da, wo ich sie sehen kann.« Er hat das Ende der Gruppe erreicht, legt seine Tasche ab, um die Hände frei zu haben, und öffnet sein Jackett einen Spalt. Dann fixiert er die Anwesenden, einen nach dem anderen.

In den Augen des Dicken dahinten, der behände wie ein Preisboxer auf der Stelle tänzelt, funkelt pure Gier. Da wittert wohl jemand reiche Beute. Aus der Mitte zwinkert ihm ein Bebrillter, der seinem Mut offenbar Respekt zollt, aufmunternd zu. Alle sind sie gekommen und nun gibt es kein Zurück. An eine Flucht ist nicht mehr zu denken, sämtliche Eingänge sind inzwischen verschlossen.

Jetzt gilt's! Er packt entschlossen die vor ihm liegende Tasche und lässt die stählernen Verschlüsse aufschnappen. Blitzschnell reißt er ein rechteckiges, von einer starken roten Kordel umschlungenes Bündel daraus hervor und knallt es vor sich auf die Holzplatte. Sekunden dehnen sich qualvoll, als er den Knoten löst und die Ehrfurcht gebietende Akte aufschlägt. Einige der weiter vorne Stehenden erbleichen und taumeln zurück. Andere spannen unmerklich die Muskeln an und nehmen eine Abwehrhaltung ein.

Plötzlich durchschneidet ein schrilles, metallenes Geräusch die unheilvolle Stille. Ein weiterer, ebenfalls ganz in Schwarz gekleideter Mann, der etwas erhöht auf einer Art Podest wie ein Hohepriester unter dem Bildnis eines riesigen Greifvogels thront, hat eine kleine Glocke aus Messing geläutet. Die Umstehenden trifft jedes seiner Worte bis ins Mark: »Meine sehr verehrten Damen und Herren Abgeordnete, der Finanzminister stellt nun den Bundeshaushalt 2008 mit den Etats der einzelnen Ressorts vor. Nehmen Sie bitte Platz.«

Der Koffer

Schröder hat Pech auf der ganzen Linie. Erst hat er Anfang des Monats seinen sicher geglaubten Arbeitsplatz verloren und dann ging gestern auch noch das Auto kaputt. Seiner Frau, die mit Zwillingen kurz vor der Entbindung steht, will er eigentlich einen angemessenen Lebensstandard bieten. Das Bewerbungsgespräch, von dem er soeben kommt, ist nicht gut gelaufen. Mit 35 Jahren gehört er in seiner Branche wohl bereits zum alten Eisen.

Er sitzt gerade einige Minuten in der Wartehalle des Kölner Hauptbahnhofs, als er einen Koffer erblickt, der auf der Bank gegenüber liegt. Niemand scheint sich um das Gepäckstück zu kümmern. Er holt sich aus einem Automaten einen Becher Kaffee und schlürft das koffeinhaltige Heißgetränk nachdenklich und langsam in kleinen Schlucken. Wer lässt denn ein so teures Stück hier leichtsinnig unbeaufsichtigt herumliegen? Sicher ist der Eigentümer ganz in der Nähe und wird ihn rasch wieder an sich nehmen, denkt er. Es passiert jedoch nichts.

Nach einigen Minuten schlendert er zu dem Koffer herüber, umrundet ihn unschlüssig einige Male und setzt sich dann neben ihn. An seinem Griff ist ein massiv goldener Anhänger befestigt. Er betrachtet diesen näher und entdeckt einen eingravierten, kleinen, fein ziselierter Schriftzug in einer ihm unbekannten Sprache. An den Seiten des Koffers sind links und rechts kleine Löcher in einem hübschen Mosaikmuster in das Leder gestanzt. Schröder überlegt kurz. Vielleicht gehört er einem Diplomaten, der sich jetzt ohne Unterlagen vor seinem Botschafter rechtfertigen muss? Oder einem wohlhabenden Teppichhändler, der eine neue Lieferung bezahlen will? Er könnte den Krokoledernen doch einfach behalten? Nein, den Gedanken verwirft er sofort wieder. Wie heißt es so schön: *Geld verloren, nichts verloren, Mut verloren, viel verloren, Ehre verloren, alles verloren.* Wie hätte er das je seiner Frau und seinen Kindern erklären können?

Ihm kommt eine bessere Idee: Wahrscheinlich ist es der Name des Besitzers, der in den goldenen Anhänger eingraviert ist. Ja, so muss es sein. Dann ist er leicht zu identifizieren. Er steht auf, nimmt den Koffer an sich und begibt sich zur Polizeiwache in der Eingangshalle.

Schröder trägt sein Anliegen vor. Der Beamte kratzt sich am Kopf. »Das Beste«, meint er, »wird sein, wenn wir den Koffer erst mal hier im Regal verstauen. Mein Kollege kann diesen Schriftzug vielleicht entziffern, er ist von auswärts.« Der Bahnpolizist bittet Schröder, ein Formular auszufüllen, während er selber den goldenen Anhänger vom Griff nestelt und in seine Hosentasche steckt. Der Beamte bedankt sich für Schröders Ehrlichkeit. »So etwas ist heute selten. Ich hoffe, dass der Besitzer sich mit einem guten Finderlohn bei Ihnen erkenntlich zeigen wird.«

Schröder verabschiedet sich von dem Polizisten, stellt fest, dass sein Regionalexpress nach Bergheim in zwei Minuten abfährt, und sprintet die Treppen hoch zu seinem Gleis. Gerade als er eingestiegen ist, schließt sich die

Waggon-Türe hinter ihm. Glück muss man haben, denkt er und setzt sich auf den letzten freien Platz.

Inzwischen hat sich der Bahnpolizist auf die Suche nach seinem Kollegen gemacht. Die Tür der Wache schließt er nicht ab, da dieser nicht weit weg sein kann.

Freddy Lecoq, ein Ganove aus Belgien, der in Köln gern und häufig mal ein Ding dreht, hat derweil heimlich die ganze Szene beobachtet. Ob sich eine Kamera, ein Laptop oder Drogen in dem Koffer befinden, ist Freddy egal, alles lässt sich verwerten. Bargeld ist ihm natürlich am liebsten. So wie bei der kurzsichtigen Rentnerin, der er gestern das Portemonnaie aus dem Korb ihres Rollators gefischt hat. Jetzt, wo der Beamte gerade die kleine Wache verlassen hat, wittert er seine Chance. Verstohlen schlüpft er hinein, zieht den Koffer aus dem ungesicherten Fach und taucht wieder ungesehen in den Strom der Passanten ein.

Freddy entschließt sich, einen Blick in sein Beutestück zu werfen. Der ICE nach Aachen fährt erst in einer halben Stunde, den Anschluss nach Lüttich erreicht er also noch bequem. Er wieselt die Treppen zu den Toiletten hinab. Dort angekommen, vergewissert er sich, dass ihm keiner gefolgt ist. »Weit und breit niemand zu sehen«, freut er sich diebisch und betritt eine Kabine. Die Tür schließt er sorgfältig hinter sich ab. Er hält den Koffer ans Ohr und schüttelt ihn mehrmals kräftig hin und her. »Klingt weich und dumpf, das scheint eine prallvolle Brieftasche zu sein«, frohlockt er. Da er die Kombination der beiden Zahlen-schlösser nicht kennt und es ihm zu wenig aussichtsreich erscheint, alle denkbaren Möglichkeiten durchzuprobieren, nimmt er sein Messer zu Hilfe. Das linke Schloss hat bereits seinen Widerstand aufgegeben und ist aufgeschnappt. Jetzt noch das rechte. Langsam, mit wachsender Erregung, öffnet er den Deckel ganz.

Der Polizist hat unterdessen seinen Kollegen in der Nähe erspäht und eilt zu ihm hinüber. »Ndugu«, fragt er den Deutsch-Somalier und drückt ihm den goldenen Anhänger in die Hand, »kannst du den entziffern?« Der hält ihn ins Licht, um besser lesen zu können. »Wo hast du denn *den* her?« »Mach es nicht so spannend, was steht da, ein Name?« »Nein«, antwortet Ndugu, »das ist Kisuaheli und heißt übersetzt: *Eigentum des Zoologischen Gartens Mogadischu. Vorsicht, nicht schütteln.*«

Der Belgier blickt erschrocken in den Koffer. Eine Schwarze Mamba, über das vorangegangene Gerüttel offensichtlich aufgebracht, starrt ihn aus kalten Augen giftig an. Dann schlägt sie blitzschnell ihre Fangzähne tief in den weichen Ballen von Freddys linkem Daumen.

3

Der Fremde

Schwabing ist ein beschaulicher Stadtteil Münchens, in dem erst in den frühen Abendstunden geselliges Treiben einsetzt. Man kann die Kinder noch gefahrlos auf der Straße spielen lassen. Einige Nachbarn schließen sogar prinzipiell ihre Haustüre nicht ab. Fröschls bewohnen seit über 40 Jahren eine Erdgeschosswohnung in einem dieser Mietshäuser, in denen jeder jeden kennt. Alois Fröschl liest wie immer um diese Tageszeit die Süddeutsche, während seine Frau Adele routiniert den Abwasch besorgt. Vom Küchenfenster aus hat sie einen guten Blick in den Hof, wo sauber aufgereiht die Müll- und Papiercontainer stehen.

Aus einem der Papiercontainer ragen zwei längliche Gegenstände. »A da schau her, sonst werfen die Nachbarn doch immer ganz akkurat ihren Müll hinein«, sagt sie zu sich selber, »ist hier am Ende jemand neu zugezogen?« Plötzlich bewegen sich die beiden Gegenstände, die oben flach auslaufen. Adele traut ihren Augen kaum. »Das sind ja Beine. Alois, Alois, komm schnell!«, ruft sie aufgeregt ihren Mann herbei, der die Zeitung weglegt und sich mit verdrießlicher Miene aus seinem Sessel erhebt. »Da ist jemand in dem Papiercontainer.« »Im Papiercontainer, sagst du? Willst du mir einen Problembären aufbinden? Du hast sicher wieder nur deine Lesebrille erwischt.«

Inzwischen sind die Beine ganz in dem Entsorgungsbehältnis verschwunden. »Welcher ist es denn, ich kann nichts erkennen?«, fragt Fröschl zweifelnd, als er gleichfalls aus dem Küchenfenster blickt. »Da!«, ruft seine Frau in dem Moment triumphierend. »Hab ich's dir nicht gesagt?« Statt der Beine ragt nun ein Kopf heraus. Dieser schaut nach links und rechts, bemerkt die beiden Fröschls hinter ihrem Küchenfenster aber nicht. Ein sauber zusammengefalteter Karton kommt zum Vorschein, wird über den Rand des Containers bugsiert und bleibt vor selbigem liegen.

»Du«, vermutet Frau Fröschl, »das ist ein Obdachloser, der jetzt vor der Kälte noch schnell etwas Material für einen warmen Schlafplatz zusammenklaubt. Für die Nacht ist Frost angesagt.« Inzwischen hat die Gestalt einen Schuh auf die Gummikante des Containers geschwungen und zieht sich mühsam hoch. Auf der Außenseite lässt er sich langsam auf den Boden herab und klopft den Staub aus seinem alten, verschlissenen Mantel. »Hab ich den Strolch nicht gestern Abend bei uns im Keller herumschleichen sehen, da herunten?«

Ein Dieb? Vielleicht ist es der gesuchte Bankräuber, über dessen Ausbruch aus dem Gefängnis Geiselgasteig *Aktenzeichen XY ungelöst* letzte Woche berichtet hatte. Sie fröstelt plötzlich. »Komm weg vom Fenster, Alois, sonst sieht er uns noch.«

Der Fremde verschwindet aus ihrem Sichtfeld. Kurz darauf hören sie ihre Türklingel läuten. Sie sehen sich ängstlich an. Was jetzt? »Hol den Hund, schnell«, bittet Fröschl seine Frau. Adele ruft nach Waldi, der schwanzwedelnd um die Ecke kommt. Nicht gerade ein irischer Wolfshund, denkt sie und blickt auf den kleinen Teckel herab, der sie freundlich anblinzelt. »Ich mache jetzt auf«, sagt Herr Fröschl entschlossen. Vorsichtig öffnet er die Türe einen Spalt: »Ja, Grüß Gott, wie kann ich weiterhelfen?«

Der hagere Mann, der durch seinen Dreitagebart noch älter wirkt, hält Fröschl den Karton vor die Nase. »Gehört der Ihnen?« »Ja«, nickt Fröschl, der den komischen Kauz schnell wieder loswerden will. »Du darfst ihn behalten.« »Danke«, krächzt der verschrobene Alte. »Mein Name ist Stangassinger, von der GEZ. Sie haben Ihren Fernseher noch nicht angemeldet.«

4

Der Auftrag

Der berühmte Schriftsteller hat sich vor fast genau einem halben Jahr tief in den Regenwald des Amazonas zurückgezogen, um dort in Ruhe arbeiten zu können. Er schreibt gerade an der Fortsetzung seines Erfolgsromans.

Julia, eine junge Frau von Mitte zwanzig, hat sich mit ihm inzwischen etwas angefreundet und freut sich auf ein Wiedersehen. So steht sie heute Morgen am Hafen von Manaus und beobachtet das Schiff, das sie gleich besteigen wird, bei seinem Anlegemanöver. Am Pier nebenan hievt gerade ein Stückgutfrachter mit quietschendem Ladegeschirr Hunderte von Kaffeesäcken an Bord.

Um sie herum drängen sich rund zweihundert Menschen, darunter auch einige Europäer. Langsam setzt die feuchte Schwüle ein und einem beleibten Amerikaner hängt das Hawaiihemd schon jetzt wie ein nasser Lappen über den Schultern. Geduldig wartet sie, bis die Gangway heruntergelassen wird und sie an der Reihe ist. Während viele Einheimische, beladen mit Bananenstauden oder kleinen Hühnerkäfigen, sich auf den unteren Lastendecks einquartieren, steigt sie zum Promenadendeck, wie sie es scherzhaft nennt, empor. Hier oben ist die Luft nicht so stickig und man kann die Aussicht auf den Fluss genießen.

Während sie es sich mit ihrem Gepäck bequem macht, hat der Kapitän das Schiff bereits wieder aus dem Hafen heraus- und in die Flussmitte manövriert. Sie passieren dabei einen Tanker, ein deutsches Containerschiff und einen Holzfrachter. Der Fluss ist für die Ozeanriesen nur bis Manaus schiffbar. Wer ab hier weiter stromaufwärts will, muss auf die kleinen landestypischen Schiffe umsteigen.

»Sieh nur, Darling, rosa Delfine!«, ruft gerade eine blasse Engländerin, die einen riesigen Ascot-Hut mit Rosenmotiven trägt, ihrem Mann zu und weist begeistert zum Heck des Schiffes. Ein kleiner Schwarm der seltenen Säugetiere kommt rasch von achtern auf, überholt das Schiff mühelos, schwimmt eine Weile in dessen schäumender Bugwelle und taucht dann nach Steuerbord wieder ab.

Sie betrachtet weiter ihre Mitreisenden. Direkt neben ihr erkennt sie Jorge, einen erfahrenen Goldsucher, der einem seiner neuen Kollegen soeben von den guten alten Zeiten vorschwärmt. »So groß waren damals die Nuggets, das waren Zeiten«, erklärt er, wobei seine Hände einen fiktiven, melonengroßen Gegenstand formen. Wermut schwingt in seiner Stimme mit.

»Trinkst du etwa so früh morgens schon, Jorge?«, spricht sie ihn an. »Oh, hallo Julia, ich habe dich gar nicht gesehen«, antwortet er und lüftet höflich seinen verknautschten braunen Hut. »So lange bin ich nun schon hier und kann das komische Essen immer noch nicht vertragen. Aber der Schnaps hilft mir. Das ist Desinfektion von innen, sozusagen. Hier«, er zieht ein kleines Papierbriefchen mit einem winzigen Goldsplitter hervor, »das Goldstück kannst du kaufen. Für dich mache ich einen Sonderpreis: Zwölf US-Dollar.« Sie denkt an den Spruch, den ihr vor Jahren ein alter arabischer Händler im Souk von Marrakesch verraten hat. »Verkäufer will haben zwölf, wird wert sein zehn, will geben acht, drum biet ich sechs.« »Sechs US-Dollar kann ich dir geben«, sagt sie schließlich. Beide müssen lachen. »Bis später«, ruft Jorge gut gelaunt, »und sieh dich vor, Carlos ist mit seiner Bande wieder unterwegs.«

Tatsächlich hat sie die Gruppe finster dreinblickender Gesellen, die sich etwas abseits hält, längst entdeckt. Carlos, der Anführer, trägt einen buschigen Schnurrbart und als Einziger einen Revolver am Gürtel. Aufmerksam schaut er herüber. Sie kann fast körperlich spüren, wie sein begehrlicher Blick langsam ihre schlanken, braunen Beine emporgleitet. Durch die harte Arbeit an der frischen Luft ist sie bestens durchtrainiert und sich ihrer Ausstrahlung natürlich bewusst.

Sie arbeitet für eine mächtige Organisation, deren Einfluss bis in die fernsten Gegenden der Erde reicht. Mit ihrem Boss ist nicht gut Kirschen essen. Das wissen diese Strolche natürlich genau und bleiben deshalb respektvoll auf Distanz.

Von den *Anderen* hat sie hier im Süden nichts zu befürchten. Ihre schweren braunen Fahrzeuge operieren weiter oben im Norden. Trotzdem darf man sie nicht unterschätzen und eine Begegnung mit ihnen ist nicht ungefährlich. Der Kampf ist hart und so mancher ihrer alten Weggefährten weilt inzwischen nicht mehr in ihren Reihen.

Nach zwei Stunden hat sie ihr erstes Etappenziel erreicht. Das Schiff stoppt an einem kleineren Landungssteg und sie geht von Bord. Dann holt sie ihr Kanu aus einem nahe gelegenen Bootsschuppen und verstaut ihr Gepäck. Nachdem sie den Tank überprüft hat, startet sie den Motor und steuert ihr Boot zielsicher in einen der kleineren Seitenarme. Sie genießt die knapp einstündige Fahrt, die sie tief in die Weiten des Urwalds führt.

Ihre Gedanken schweifen kurz in die ferne Heimat. Wie es wohl Kevin, ihrem Zwillingsbruder, geht? Er hat vorletztes Jahr geheiratet und Julia hat den beiden noch bei ihrem Umzug geholfen. Ihrem Opa Alois und ihrer Oma Adele schickte sie neulich noch eine Karte. Waldi, sein Teckel, hat es in den Wäldern rund um München jedenfalls leichter als hier in den Regenwäldern Amazoniens.

Als sie das Ziel ihrer Fahrt erreicht, stellt sie den Motor ab und lässt das Boot die letzten Meter längsseits an einen versteckten, provisorischen Steg treiben. Eine kleine Herde Wasserschweine dümpelt dösend in dem seichten Wasser.

Der Schriftsteller tritt in dem Moment, in dem sie anlegt, mit einer qualmenden Pfeife in der Hand aus der Türe seiner Hütte: »Damit halte ich mir die Moskitos vom Hals«, begrüßt er sie. Mit einem kräftigen Schwung zieht er seine Besucherin mitsamt ihrem Gepäck auf den Steg. »Sie haben sich überhaupt nicht verändert, seit ich Sie das letzte Mal gesehen habe«, bemerkt er galant.

Sie setzen sich an einen Tisch, den er aus einem der harten Tropenhölzer gezimmert hat. »Das hier ist für Sie.« Sie schiebt ihm einen Karton herüber. »Und das ist für Sie«, revanchiert er sich mit einem sorgfältig umwickelten Packen.

»Jetzt zu meinem wichtigsten Anliegen, dem Auftrag«, sagt sie mit ernster Miene und breitet einige Papiere auf dem Tisch aus. »Studieren Sie alles genau, Wort für Wort.« Er liest konzentriert, überlegt kurz und zeigt auf eine bestimmte Stelle: »Sechs Monate?« Sie blickt ihm fest in die

Augen und nickt: »Sechs Monate.« »So sei es denn.« Der Schriftsteller unterschreibt schwungvoll zwei der Bögen und reicht sie ihr dann herüber. Sie sieht sich seine Unterschrift auf beiden Blättern aufmerksam an, unterschreibt ihrerseits beide Seiten und reicht ihm eins der Blätter zurück. Das andere faltet sie vorsichtig zusammen und verstaut es in ihrer wasserdichten Tasche. »Das wär's.«

Sie unterhalten sich noch eine Weile über die letzten Neuigkeiten am Fluss. »In Ihrem Haus in der Stadt ist alles in Ordnung«, hält sie ihn auf dem Laufenden. Letzte Nacht war Neumond. Die große Welle, die *Pororoca*, die weit entfernt im Osten vom Atlantik kommend den Fluss hochdonnerte, hat flussabwärts wieder zahlreiche Hütten fortgespült, erfährt er, und dass in der Oper von Manaus morgen Verdis La Traviata gegeben werde.

Eine Gruppe Fremder hatte es neulich auf Julias Territorium abgesehen, erzählt sie, ging aber in den Weiten des Amazonas verloren. Deren Boot fand man später verlassen, von der Ladung fehlte jede Spur. »Für Anfänger ist hier eben kein Platz«, bemerkt sie ohne Mitleid. Zum Abschied reicht er ihr noch einige Bananen. »Als Wegzehrung«, wie er meint. Er winkt ihrem Kanu noch hinterher, bis es aus seinem Blickfeld verschwunden ist.

Der Schriftsteller geht zufrieden in seine Hütte zurück, öffnet die oberste Schublade seines Schreibtisches aus Rattan und holt eine Mappe hervor. »Auf die Deutsche Post World Net kann man sich verlassen«, sagt er zu Paco, seinem Papagei, der ihm von seiner Stange aus aufmerksam zuschaut, und heftet den Nachsendeauftrag ab. Morgen wird er seine Zustellerin wiedersehen.

5

Das Zimmer

Borodin, der Kurator der Eremitage in St. Petersburg, ist in den letzten Tagen zu einem gefragten Interviewpartner geworden. Journalisten und Kamerateams geben sich bei ihm ein Stelldichein und hofieren ihn.

Friedrich von Falckenthann, der deutsche Botschafter, ist bereits gestern am späten Abend mit der letzten Aeroflot-Maschine aus Moskau eingetroffen. Standesgemäß chauffierte ihn ein schwarzer Wolga mit einer Motorradeskorte durch die nächtlichen, verschneiten Straßen. Jetzt lauscht er aufmerksam dem Vortrag des Kurators.

Die Russen sind sichtlich stolz auf ihr Meisterwerk. Vierzig der besten Künstler aus allen Teilen des Landes haben zwei Jahre gebraucht, um mit dem »Gold der Ostsee« ein wahres Wunder zu vollbringen, ist in den Pressemeldungen zu lesen.

Borodin ist in Champagnerlaune, als er sich nach dem Ende seiner mitreißenden Rede zu von Falckenthann gesellt. »Es strahlt und schimmert wie das Original, finden Sie nicht?«, fragt der Russe. »Ja, ein Jammer, dass das Original damals verschwand und sich jede Spur davon verloren hat.« Der deutsche Botschafter erinnert sich an die alten Stiche, die ihm sein Vater als Kind oft gezeigt hat. »Trösten Sie sich, Herr Botschafter, unser Künstler-Kollektiv hat einen wunderbaren Ersatz geschaffen.« Die

20 Millionen Euro, die ein bekanntes deutsches Großunternehmen für das Projekt ausgelobt hatte, scheinen von Falckenthann jedenfalls bestens investiert zu sein. Anerkennend sagt er zu Borodin: »Die nächsten Jahre werden Sie sich vor Besuchern nicht retten können, bei der Berichterstattung. Die Schlangen von Interessenten werden sich bis zum Gebäude der Admiralität erstrecken. Ach, was sage ich: Den ganzen Newski-Prospekt werden Sie absperren müssen.«

Von Falckenthann stellt sein Glas auf einem Marmorsims ab. »Sagen Sie, Herr Borodin, wo sind hier …« Der Kurator vervollständigt den Satz: »… die Waschräume? Im Keller. Gehen Sie dort hinten durch die weiße Schleiflacktür. Wie? Ja, genau, die neben dem Rubens. Dann links an dem venezianischen Kandelaber vorbei, die beiden Treppen hinab. An der Venus von Milo halten Sie sich rechts. Dann kommen Sie an eine weitere Tür, Kirschbaum massiv, frühes 18. Jahrhundert. Da gehen Sie hindurch und gelangen in einen Flur mit einem langen, roten Teppich, auslaufendes Kuomintang. Die Tür zur Kellertreppe ist die vierte rechts, die mit dem Messingbeschlag. Danach gehen Sie bitte das Halbgeschoss hoch und dort ist es die zweite Tür links. Sie können es nicht verfehlen.« »Kein Problem«, bedankt sich von Falckenthann, »bei Ihrer präzisen Beschreibung wird es leicht zu finden sein.«

»Rubens, Kandelaber, Venus«, murmelt er, »dritte rechts, vierte links.« Wie war das noch? Irgendwie hat er etwas durcheinandergebracht und ist wohl falsch abgebogen. Jedenfalls findet er sich nicht in den erhofften Waschräumen, sondern in einer der Werkstätten der Eremitage wieder.

»Hallo, ist da wer?« Sein Ruf verhallt ungehört. Die Kunsthandwerker, die hier sonst fleißig ihrem Tagwerk nachgehen, sind offenbar bereits nach Hause aufgebrochen. »Ist dies vielleicht der Waschraum?«, rätselt der Botschafter. Er öffnet eine Tür neben der Werkstatt und landet in einer Art Rumpelkammer. An den Wänden erkennt er schemenhaft Dutzende großer, übereinandergestapelter Holzkisten. Von Falckenthann betätigt den Lichtschalter und schaut in einige hinein. Sie sind alle leer. »Nanu«, er rückt sein Monokel zurecht, »das sieht mir ganz und gar nicht nach kyrillischen Buchstaben aus.«

Der deutsche Botschafter hat in der Bibliothek seines Vaters früher einige Bücher in der alten Schriftart gelesen, die in kleinen, ebenmäßigen Zeilen auf die soliden Holzkisten aufgemalt ist. Heute wird sie nicht mehr allgemein verwendet. Es ist Sütterlin. »Segmente I – IV«, liest er laut die Aufschrift einer Kiste ab. »Paneel hinten links«. Und direkt darüber steht, in etwas größerer Schrift: *»Bernsteinzimmer«*.

6

Die Diagnose

Sie haben Krebs an der Bauchspeicheldrüse«, wiederholt der Internist, »Endstadium.« James Brandon schluckt schwer. Gestern hatte er noch beschaulich seinen 49. Geburtstag gefeiert und jetzt das. »Wie lange?«, setzt er zögernd an. »So genau kann man das nie sagen«, erwidert sein Arzt. »Ungefähr ein Jahr. Tut mir wirklich leid, dass ich Ihnen keine bessere Auskunft geben kann.«

Brandon verlässt niedergeschlagen die Praxis und betritt den nächsten Pub: »Bringen Sie mir drei Guinness, bitte.« Geistesabwesend schlürft er das bitter-kalte, schaumarme Getränk in sich hinein. Er bezahlt und schlurft zur Themse. Ziellos läuft er am Ufer auf und ab und steuert dann die Gegend im Westend an, in der Brandons ihr Reihenhaus im viktorianischen Stil besitzen.

Dort angekommen, meldet er sich telefonisch im Büro ab: »Ich komme heute nicht mehr rein«, teilt er seiner verblüfften Sekretärin mit. Brandon, der Chefbuchhalter, hat in den letzten zwanzig Jahren noch nie vorzeitig die Arbeit beendet. Auch Urlaub nimmt er nur sehr selten, und wenn, dann auch nur für wenige Tage. Stets ist er für den Betrieb erreichbar und häufig nimmt er auch übers Wochenende umfangreiche Akten mit nach Hause.

Seine Frau ist, wie jedes Jahr um diese Zeit, für drei Tage zu einem Rosenzüchterkongress nach Stapleford, Wiltshire, gefahren. Brandon erwartet sie erst morgen Nachmittag zurück. Er hat keinen Hunger, sieht sich ein Fußballspiel der Premier League an und gönnt sich dazu eine halbe Flasche Gin. In dieser Nacht schläft er schlecht.

Am nächsten Morgen fasst er einen Entschluss: »So geht das nicht weiter«, sagt er zu sich selbst. Er ruft im Büro an. »Ich nehme eine Woche Urlaub. Bitte setzen Sie den Finanzdirektor darüber in Kenntnis. Den Urlaubsschein reiche ich Ihnen per Post nach.« »Gute Erholung«, wünscht ihm seine Sekretärin. Nachdem er aufgelegt hat, frühstückt er ausgiebig und studiert in Ruhe die London Times. Dazu fehlte ihm sonst immer die Zeit.

Gegen 11.00 Uhr verlässt er das Haus und begibt sich zu einer Buchhandlung, in der er ein geschätzter Stammkunde ist. Dort hat er während der letzten Jahre eine Fülle finanzwirtschaftlicher Fachliteratur erworben. Heute jedoch will er etwas anderes. »Führen Sie das Kamasutra, illustrierte Ausgabe?« Die Verkäuferin packt ihm das gewünschte Buch in eine Tüte und reicht sie ihm augenzwinkernd über den Tresen. »Viel Vergnügen.« Brandon verlässt die Buchhandlung und macht noch einige Besorgungen.

Wieder zurück zu Hause, brüht er sich eine Kanne Tee auf, nimmt das Kamasutra aus der Tüte und richtet sich bequem in seinem Ohrensessel ein. Konzentriert arbeitet er das Buch durch und macht sich hier und da Notizen. Recht einfallsreich, die alten Inder, denkt er anerkennend.

Seine Frau trifft am späten Nachmittag ein. »Ich habe noch ein paar winzige Beutelchen mit Ablegern im Auto«, begrüßt sie ihn, »hilfst du mir bitte tragen?« »Nächstes Jahr würde ich gerne mal mitkommen«, eröffnet er seiner Frau, während sie keuchend acht große Taschen mit Pflanzen durch die Garage auf die Terrasse schleppen. Frau Brandon überrascht sein Ansinnen, da sich ihr Mann sonst höchstens für den FC Chelsea oder die nationalen Kricketmeisterschaften begeistern kann, wenn er nicht gerade arbeitet. Gegen 22.00 Uhr begeben sie sich zu Bett.

Am nächsten Morgen bringt Brandon seiner Frau das Frühstück. Sie ist letzte Nacht sichtlich verzückt gewesen. »Tiger« hat sie ihn zuletzt kurz nach ihren Flitterwochen genannt. »Darling, das ist ja Grapefruit-Lemon-Marmelade«, ruft sie aus, »mit Ingwerstückchen. Dass du dich noch an meine Lieblingskonfitüre erinnerst.« Brandon hat noch eine weitere Überraschung in petto. Sie bemerkt den Umschlag auf dem Tablett: »Was ist denn da drin?« »Mach ihn doch auf«, ermuntert Brandon sie. »Ohhch, das ist ja ein Gutschein für einen einwöchigen Kochkurs mit Jamie Oliver. Ist das nicht dieser exzentrische Starkoch, der die Speisen so zubereitet wie die auf dem Kontinent?« Brandon weiß, dass seiner Frau immer mulmig zumute wird, wenn sie in Calais das Festland betreten. »Oje, das geht jetzt 15 000 Meilen bis nach Wladiwostok«, pflegt sie dann schaudernd zu bemerken. Sie wirkt plötzlich misstrauisch. »Schmecken dir etwa meine Fish 'n' Chips nicht mehr?« »Doch, doch, Edna«, beschwichtigt er sie, »aber etwas Abwechslung könnte doch nicht schaden, meinst du nicht, Liebes?« Sie nickt wohlwollend.

In diesem Jahr machen sie noch Urlaub an der Côte d'Azur, auf Saint-Lucia, in Zermatt und am Amazonas. Brandon braucht dafür seinen gesamten Resturlaub von 58 Tagen auf. Auch seine alten Golfschläger holt er wieder aus dem Keller und spielt regelmäßig sonntags vormittags eine Runde. In der Garage steht der neue Aston Martin, mit dem Brandons ausgedehnte Touren bis in die schottischen Highlands unternehmen.

Ein Jahr ist seit der Diagnose inzwischen vergangen und sein 50. Geburtstag steht vor der Tür. »Dieses Jahr mache ich eine Sause. Wir laden die Kinder, sämtliche Verwandte, Freunde und Bekannte ein. Da wird nicht gespart«, erklärt er seiner Frau.

An seinem Ehrentag steht ein großes Partyzelt im Garten, eine stadtbekannte Band, *The Swinging Fox*, versetzt die Gäste in Tanzlaune und Harrod's Gourmet Service aus Knightsbridge hat ein üppiges Buffet aufgebaut.

Brandon holt gerade seine Festschrift aus dem Arbeitszimmer, als das Telefon klingelt. Die sonore Stimme am anderen Ende erkennt er sofort. »Herr Doktor, Sie sind es. Wollen Sie sich von mir verabschieden?«, erkundigt er sich mit einem Anflug von Sarkasmus. »Nein, nein, nichts dergleichen. Hören Sie, Mister Brandon. Sie wissen ja, dass der National Health Service chronisch überlastet ist. Leider ist dem Labor letztes Jahr bei der Analyse Ihrer Gewebeprobe ein böser Fehler unterlaufen.« »Ja, und?« Brandon wird neugierig. »Sie haben damals nur eine leichte Entzündung der Bauchspeicheldrüse gehabt, die inzwischen längst abgeklungen sein muss. Im Grunde sind Sie kerngesund. Herzlichen Glückwunsch.« »Vielen Dank«, murmelt Brandon und lässt den Hörer auf die Gabel gleiten.

Brandons Frau schaut zur Tür herein. »Kommst du bitte, Darling? Deine Mango-Passionsfrucht-Torte schmilzt gleich.« Brandons Hand liegt noch auf dem Hörer. »Gute

Nachrichten, hoffe ich?«, fragt sie. »Gute? Die besten, Edna, die besten. Ich fühle mich wie neugeboren.« Er steht auf und hakt sich bei seiner Frau unter. »Komm Liebes, lassen wir die Torte nicht länger warten, unsere Gäste sind sicher hungrig.«

7

Der Referent

Irlenbusch ist der Mann fürs Grobe im Rathaus. Er bügelt die heiklen Fälle aus und sorgt dafür, dass sein Chef stets gut dasteht. Nun brütet er am späten Nachmittag über einer Rede, die Oberbürgermeister Peter Schmitz am nächsten Morgen anlässlich der Bilanzpressekonferenz des neuen Cologne Culture Centers halten will. Schließlich ist Schmitz dort Vorsitzender des Aufsichtsrats.

Vor einigen Minuten hat der Vorstandsvorsitzende des »Triple C«, wie das Kulturzentrum auf neudeutsch intern genannt wird, Irlenbuschs Büro verlassen. Die Zahlen, erfuhr er, »sehen, vorsichtig gesagt, nicht gut aus«. Ursache sind die horrenden Mietsummen, die Jahr für Jahr auf die Kulturgesellschaft zukommen und sich zu einem echten Problem für die weitere Karriere des Oberbürgermeisters entwickeln könnten. Schließlich stehen in diesem Monat auch noch die Kommunalwahlen ins Haus.

Irlenbusch nimmt den Telefonhörer auf. Die Nummer, die er wählt, kennt er auswendig. Am anderen Ende der Leitung meldet sich der Direktor eines bekannten Kreditinstituts. Die Bank hatte einen Beteiligungsfonds aufgelegt, um die Investitionssumme von über 400 Millionen Euro unabhängig von dem stets klammen öffentlichen Haushalt aufzubringen. »Ah, Irlenbusch, wie geht's, machen Sie mal wieder Überstunden.« »Was bleibt mir anderes übrig. Der Oberbürgermeister soll morgen den Jahresabschluss des neuen Kulturzentrums mit präsentieren und der Vorstandsvorsitzende eröffnete mir soeben, dass das kein Zuckerschlecken wird.« »Und was haben Sie jetzt vor?«, erkundigt sich der Bankier vorsichtig.

»Da wir an den Zahlen ohnehin nichts mehr ändern können, müssen wir zumindest Zeit gewinnen bis nach den Wahlen. Ich habe mir überlegt, dass wir das bürgerschaftliche Engagement der vielen Kölner, die bei Ihnen die Fondsanteile gezeichnet haben, besonders herausstellen könnten. Sie wissen schon, ›Bürger werden Eigentümer ihrer Stadt‹, so etwas in der Art. Das schafft Akzeptanz in der Bevölkerung.« »Mmh«, meint der nicht aus dem Rheinland stammende Bankier, »das klingt mir eher nach: Eschte Pfründe stonn zesamme.« »Oh nein, bitte probieren Sie nicht Ihr Kölsch an mir aus«, wehrt Irlenbusch ab.

Nach einer kurzen Pause fragt er: »Können Sie mir eine Liste der Fondszeichner zur Verfügung stellen. Der Oberbürgermeister könnte denen ein Dankesschreiben schicken, dazu einige Kölschstangen, mit Gravur.« Die Frau seines Chefs hatte vor einer Woche einige hundert davon gekauft, man konnte ja nie wissen. »Was ist mit dem Datenschutz?«, gibt der Bankier zu bedenken. »In diesem Fall geht das Interesse der Stadt eindeutig vor, das ist sozusagen höhere Gewalt«, wiegelt Irlenbusch ab. »Sie können mir die Liste einfach formlos rüberfaxen.«

»Nein, das, äh, geht nicht«, sagt der Bankier. »Wenn das zu viele Namen sind, können Sie mir stattdessen eine Excel-Liste schicken, per E-Mail«, schlägt Irlenbusch vor. Der Bankier zögert: »Das ist nicht das Problem, die Namen habe ich alle im Kopf.« »Bravo, Sie könnten als Gedächtniskünstler im Varieté auftreten.« »Sie schmeicheln mir, Herr Irlenbusch. Haben Sie etwas zu schreiben?« »Sie können loslegen, ich habe einen Stapel frisches weißes Papier vor mir liegen.« Der Bankier gibt ihm die Namen durch. »Ja, und weiter?« Irlenbusch ist verdutzt. »Das sind nur drei. Und zudem recht bekannte Leute, die bedürfen wohl kaum der städtischen Fürsorge.« »Da haben Sie recht«, pflichtet ihm der Bankier bei.

»Macht nichts. Ich werde mir schon etwas einfallen lassen, damit unser aller Oberbürgermeister morgen nicht baden geht.« Irlenbusch hat da auch schon so eine Idee. Sie wünschen sich noch einen angenehmen Feierabend und legen auf.

Am nächsten Morgen ist der Konferenzsaal I im Rathaus gerammelt voll. Oberbürgermeister Peter Schmitz ist heute gut in Form und will den Pressefritzen und der Opposition, die nur auf einen Fehler seinerseits lauern, keine Angriffsfläche bieten.

»Wir konnten«, führt er soeben aus, »die Veranstaltungskapazität um über 30 % steigern bei nur geringfügigen Mehrkosten von 20 %. Wir haben dieses Jahr mutige Investitionen vorgenommen, um für die Herausforderungen der Globalisierung nachhaltig gerüstet zu sein. Den ernsten Bedrohungen durch den internationalen Terrorismus, die Treibhausgase und die Vogelgrippe wurde dabei Rechnung getragen. Auch auf die Integration von Mitbürgerinnen und Mitbürgern mit und ohne Migrationshintergrund haben wir in besonderer Weise unser Augenmerk gerichtet.« »Hört, hört!«, ruft ein Reporter in der ersten Reihe beeindruckt. »Besonders aber«, fährt der Oberbürgermeister fort, »freuen mich zwei Tatsachen, die sich hinter den oft so kalten Zahlen verbergen: Zwei Drittel der Bürger, die die Fondsanteile gezeichnet haben, kommen aus unserer schönen Stadt selber.« Beifall brandet auf. »Und ein Drittel der Anteile konnte in bewährte auswärtige Hände gelegt werden. Auch außerhalb der Stadtgrenzen glaubt man zuversichtlich an die Zukunft unserer wunderbaren Heimatstadt. Kölle Alaaf.«

Irlenbusch steht hinter dem Vorhang und hört die Menge, die seinen Chef hochleben lässt. Die vielen gravierten Kölschgläser werde ich dem Vorstandsvorsitzenden des Kulturzentrums für seine Kantine zukommen lassen, denkt er.

8

Das Ticket I

Nkomo ist das älteste von acht Kindern einer armen kenianischen Bauernfamilie. Die nächste Schule liegt, für ihn unerreichbar, drei Tagesreisen weit entfernt. Lesen und Schreiben lernt er daher nicht. Nun bleibt in diesem Jahr auch der Regen aus und eine neue Dürre droht. Damit sie nicht verhungern, braucht Nkomo also dringend Arbeit.

Er macht sich hoffnungsvoll zum Bahnhof seines kleinen Dorfes auf. Dort, so hat er gehört, wird ein neuer Bahnschaffner zur Einstellung gesucht. Der Bahnhofsvorsteher weist ihn jedoch ab: »Wenn du nicht lesen und schreiben kannst, wie willst du da die Fahrscheine kontrollieren. Und denk nur an den da«, führt er weiter aus und zeigt auf den riesigen Fahrplan, der hinter ihnen an der Wand hängt.

Niedergeschlagen kehrt Nkomo zur Hütte seiner Familie zurück. Eine andere Idee muss her. Als Kind brachte ihm sein Großvater das Schnitzen bei und seitdem hat er in dieser Kunst einige Fertigkeit entwickelt. »Ich werde versuchen, meine Schnitzereien in der Hauptstadt zu verkaufen«, teilt er seinem Vater mit. »Warum nicht«, ermuntert ihn dieser. »Nur – wie willst du dorthin reisen, wir haben doch kein Geld?«

Am nächsten Morgen macht sich Nkomos Vater mit

seiner letzten Kuh zum nahe gelegenen Viehmarkt auf. Er kann einem Nachbarn das Tier zu einem guten Preis verkaufen. Nkomo ist außer sich vor Freude, als ihm sein Vater das Geld für eine Zugfahrkarte nach Nairobi überreicht. Er packt seine Schnitzereien und seinen einzigen Sonntagsanzug zusammen, verabschiedet sich von seiner Familie und schlendert zum Bahnhof.

»Nairobi, Hinfahrt, zweiter Klasse«, fordert er fröhlich sein Ticket von dem überraschten Bahnhofsvorsteher, der ihn natürlich gleich wiedererkannt hat. Angekommen in der Hauptstadt, findet er provisorischen Unterschlupf bei einer seiner Tanten. Diese war bereits vor langen Jahren aus dem Dorf weggezogen, um in Nairobi einen Weißen heiraten zu können.

Jeden Morgen macht sich Nkomo nun auf und klappert die Stadt nach potenziellen Kunden für seine Schnitzereien ab. Er schafft es, einige Stücke abzusetzen. Eines Tages klopft er an die Pforte des deutschen Konsuls. »Das sind ja ganz außergewöhnlich schöne Kunstwerke«, lobt ihn der Konsul. »So etwas haben wir in Deutschland noch nicht.« Ehe Nkomo sich versieht, drückt der Konsul ihm ein Visum, ein Flugticket Nairobi-Hamburg und einen Umschlag mit Bargeld in die Hand: »Geh nach Blankenese«, rät er ihm, »und eröffne da einen Laden für afrikanisches Kunsthandwerk.«

Nkomo wird, kaum in Deutschland angekommen, schnurstracks eingebürgert. »Viel Erfolg«, wünscht ihm der Hamburger Bürgermeister bei der Einweihungsrede zur Eröffnung von Nkomos erstem Geschäft.

Dieses läuft von Beginn an sehr gut und bald hängen

in allen Hamburger Haushalten, die etwas auf sich halten, Nkomos Schnitzereien. Seiner Familie in Kenia schickt er bald regelmäßig Geld, sodass diese sich einen Brunnen bohren und eine imposante Kuhherde aufbauen kann.

Seine Geschäftsreisen führen ihn in alle Städte des Landes. Auf einer Vernissage in Bremen lernt der Afrikaner die einheimische Künstlerin Annika Petersen kennen, die er später heiratet. Sie betreibt eine Töpferwarenhandlung in Großenkneten.

Bereits zehn Jahre später eröffnet Nkomo in Deutschland die einhundertste Filiale. Diesmal hält der Bundespräsident die Laudatio und überreicht Nkomo im Anschluss daran die »Tilmann-Riemenschneider-Medaille am Bande«.

Der vornehme Hamburger Yachtclub, der Nkomo Anfang des Jahres als Mitglied aufgenommen hat, gibt ihm zu Ehren heute das berühmte »Captain's Dinner« und veranstaltet eine Regatta rund um die Außenalster. Nkomo, der eigentlich eine Vorliebe für taillierte nougatfarbene Anzüge hat, glänzt zu diesem Anlass mit einem nagelneuen Blazer in tiefem, atlantischem Blau. Zwei Reihen polierter Messingknöpfe verleihen ihm die Würde eines Kapitäns auf großer Fahrt.

Als Ehrengast sitzt er natürlich direkt neben Erik Hansen, dem Clubpräsidenten. Der sonst so hanseatisch unterkühlt wirkende Hansen ist beeindruckt und legt ein geradezu brasilianisches Temperament an den Tag: »Mich laust der Affe, Nkomo, Sie haben's wirklich geschafft«, sagt er anerkennend. Er weiß, dass der Kenianer, der Analphabet war, als er in Deutschland eingebürgert wurde, erst lesen und schreiben lernen musste, bevor er den Segelschein machen durfte. »Was«, fährt Hansen fort, »wäre eigentlich aus Ihnen geworden, wenn Sie schon als Kind lesen und schreiben gelernt hätten?« Nkomo bläst die Luft durch seine breiten Nasenflügel. »Ganz einfach«, grinst er, »Bahnschaffner!«

9

Das Ticket II

Said ist in einem Flüchtlingslager in der West Bank aufgewachsen. Da die Schulen durch die jahrzehntelangen Kämpfe alle zerstört sind, hat er, wie so viele palästinensische Kinder, nie Gelegenheit gehabt, lesen und schreiben zu lernen. Auf den Straßen stehen ausgebrannte Autos und seine große Familie muss sich eine winzige Behausung teilen. Wasser wird von Tankwagen geliefert und regelmäßig fällt der Strom aus.

In dieser hoffnungslosen Lage begibt sich Said zu seinem Nachbarn Ali. Er hat beobachtet, dass nebenan in den Abendstunden regelmäßig vermummte Gestalten beherbergt werden, die morgens wieder verschwunden sind. »Ali«, bittet er ihn, »ich möchte in den Heiligen Krieg ziehen. Gib mir Sprengstoff und ich mache mich auf nach Israel, um für die Freiheit Palästinas zu kämpfen.« »Aber Said«, entgegnet ihm der Aktivist, »du kannst doch gar nicht lesen und schreiben. Du könntest nicht einmal die Gebrauchsanweisung für eine Salam-Rakete entziffern. Hier, ich gebe dir etwas Geld, versuch, dir dafür einen Privatlehrer zu engagieren.«

Enttäuscht geht Said in die bescheidene Klause seiner Familie zurück. Bei einem Glas Pfefferminztee trifft er eine Entscheidung: »Ich werde mir von dem Geld ein Busticket kaufen und zu Onkel Mohammed nach Tel Aviv fahren.

Der hat bestimmt Arbeit für mich«, teilt er seinen Eltern entschlossen mit.

Said steht am nächsten Morgen besonders früh auf, verabschiedet sich von seiner Familie und packt noch eine Falafel als Wegzehrung ein. Seine Mutter gibt ihm eine Flasche Wasser mit und drückt ihn ein letztes Mal herzlich an sich: »Aus dir wird etwas werden, mein Junge, das weiß ich.« »Inschallah«, sagt Said und begibt sich zur Bushaltestelle.

Bei seiner Ankunft in Tel Aviv ist es bereits dunkel, da der Bus auf der kurzen Fahrt sieben Mal kontrolliert wurde. Sein Onkel, der gerade seinen Laden zuschließt, freut sich, den Neffen zu sehen. Mohammed fertigt Hüte, mit deren Verkauf er sich ganz gut über Wasser halten kann.

Said erweist sich als sehr geschickt und lernt schnell die Finessen des Geschäfts. Als sich sein Onkel Mohammed zehn Jahre später zur Ruhe setzt, übernimmt Said den Laden. Er spezialisiert sich von nun an auf die Fertigung kostbarer Yarmulkes, die bald in ganz Israel reißenden Absatz finden.

Er bringt es zu beträchtlichem Reichtum. Seiner Familie in der West Bank kann er immer mehr Geld schicken, so dass sie dort wegziehen und ein weitläufiges Anwesen auf den Golanhöhen errichten kann.

Inzwischen herrscht Frieden und der neue Staat Palästina hat seine Souveränität erlangt. Die kaputten Autos sind aus dem Straßenbild verschwunden und statt der ärmlichen Behausungen können sich die Einwohner jetzt schicke Reihenhäuser leisten.

Im Laufe der Jahre hat Said sich mit dem Rabbiner Avraham Finklsteyn angefreundet, der in dem Viertel Tel Avivs, in dem Said sein Geschäft betreibt, die streng orthodoxe chassidische Gemeinde betreut. Eines Tages trifft Said den Rebbe auf der Straße. »Said, bei uns steht bald die Bar Mizwah meines jüngsten Neffen an. Könntest du mir bitte eine besonders prachtvolle Yarmulke anfertigen, mit Edelsteinen besetzt und mit Goldfäden durchwirkt? Außerdem würde ich mich freuen, wenn du als unser Ehrengast diesen Tag mit uns begehen würdest.« »Ich komme mit Freuden«, bedankt sich Said.

Er erscheint pünktlich zum Fest und der Rabbi ist mit der Yarmulke, die Said mitbringt, sehr zufrieden. Er dreht sie bewundernd hin und her: »Said«, lobt er, »du hast dich wieder einmal selbst übertroffen, ein edles Stück. Ben Eliesers erster Shtreimel kann nicht schöner ausgesehen haben. Lass dir, bevor du gehst, von meiner Haushälterin das Geld geben.« Als sich die Feierlichkeiten dem Ende nähern und die meisten Gäste aufbrechen, bittet der Rabbi Said: »Lieber Freund, trag dich doch bitte mit einem geistreichen Spruch in das Gästebuch hier ein.« Said druckst verlegen herum: »Avraham«, gesteht er, »ich kann weder lesen noch schreiben.«

Der Rabbiner ist perplex. »Ich werd meschugge, du bist mir vielleicht ein Schlemihl! Darauf brauche ich erst mal eine Stärkung.« Er greift zu einem schweren Gefäß aus Kristallglas, das neben dem siebenarmigen Leuchter auf dem Tisch steht, und reicht es Said herüber. »Genehmigen wir uns einen auf den Schreck?« Said nimmt das Angebot gerne an. Sie bedienen sich. »Setz dich doch noch einen

Moment, Said.« Der Rabbi versucht, die peinliche Situation etwas aufzulockern: »Der ist gut, nicht?« Said nickt: »Ja, das ist der beste Schmalzkringel, den ich je gegessen habe.« »Das ist ein uraltes Geheimrezept. Rabbi Kahane hat es damals persönlich kreiert.«

Kinder stürmen fröhlich durch den Salon und werfen sich etwas zu. »Sarah, Shlomo, spielt nicht mit der Mesuse, das gehört sich nicht«, ermahnt der Rabbi seine Nichte und seinen Neffen.

»Sag mal«, nimmt der Rabbiner nachdenklich den Faden wieder auf, »was wäre eigentlich aus dir geworden, wenn du als Kind lesen und schreiben gelernt hättest?« Said lehnt sich auf seinem Stuhl zurück und lächelt versonnen. »Das, lieber Avraham«, sagt er bedächtig und wägt sorgfältig seine Worte, »möchtest du gar nicht wissen.«

10

Der Kritiker

Guten Abend, Sie haben ja das beste Haus am Platze ausgesucht«, begrüßt der Redakteur den Autor des bekannten *Ahrweinführers* mit einem verschlagenen Lächeln. »Guten Abend, Herr Kummermüller, nehmen Sie bitte Platz.«

Der Kellner kommt, die Bestellung aufzunehmen: »Eine Flasche *Walporzheimer Schlosskapelle, Spätburgunder Goldschiefer, trocken, 2004, vom Weingut Andernecher?* Eine gute Wahl. Dazu zweimal das Connaisseur-Menü mit acht Gängen? Gerne.«

»Sie planen also einen Bericht über die aktuelle Ausgabe des *Ahrweinführers*, Herr Kummermüller?« Den werde ich verreißen, wie es im Buche steht, denkt Kummermüller. Laut antwortet er: »Ja, ein bemerkenswertes Buch, kompakt, dabei informativ und zugleich preiswert.« So ein Heuchler, denkt der Autor, für wen hält der sich eigentlich? »Ah, da kommt auch schon unser Wein.« Der Autor hat natürlich den Wein schon vier Stunden vorher öffnen und in der Karaffe perfekt temperieren lassen.

»Wunderbar«, quittiert er den Schluck, den der Kellner zur Probe eingeschenkt hat. »Andernechers haben sich mal wieder selbst übertroffen, da schmeckt man die über 500-jährige Erfahrung. Auf Ihr Wohl, Herr Kummermüller. Auf einen gelungenen Bericht. Was für ein wunderbares, intensives Rubinrot, finden Sie nicht? Ein Bukett von roten und dunklen Beerenfrüchten. Unterstrichen von tiefgründigen Röstaromen mit einem Akzent Bourbonvanille, ein Resultat der neuen Fässer aus Limousin-Eiche.« Der Autor gerät ins Schwärmen, während Kummermüller eine verdrießliche Miene aufsetzt.

Der Kellner bringt das Amuse-Gueule. »Bitte sehr, die Herren, ein kleiner Gruß aus der Küche: Eine Kichererbse, gefüllt mit einem Safranfaden. Lassen Sie es sich schmecken.«

»Wussten Sie eigentlich, Herr Kummermüller, dass die Lage Walporzheimer Schlosskapelle nur 0,67 Hektar groß ist und eine fast reine südliche Exposition aufweist? Geschmacksbildend sind hier nicht nur Schiefer und Grauwacke, sondern auch der Gehängelehm.« Bei dem Redakteur macht sich wachsende Ratlosigkeit breit.

Der Kellner serviert indes die erste Vorspeise: »Wildschweinroulade, gefüllt mit Steinpilzragout.« »Wie finden Sie die Füllung?«, erkundigt sich der Autor. »Die reinste Farce«, brummt Kummermüller kauend zurück.

»Der tiefgründige Charakter dieses Weins«, erläutert der Autor weiter, »beruht auf zwei Faktoren: Zum einen wurden nur rund 20 Hektoliter pro Hektar geerntet.« Dem Kerl ist nicht beizukommen, denkt Kummermüller. »Und zum anderen?«, fragt er laut. »Auf dem Kastenholz.« »Was ist das nun schon wieder, ich kenne nur Kantholz?« »Kastenholz, oder Kaasten, wird ein sehr alter Spätburgunder-Klon genannt, der direkt dem französischen Pinot Noir entspricht. Herr Kastenholz war seinerzeit ein bekannter Rebenzüchter. Die Rebstöcke des alten Kastenholz-Klons, die in der Lage Walporzheimer Schlosskapelle stehen, sind rund siebzig Jahre alt. Noch ein Gläschen, Herr Kummermüller?«

Der Autor schenkt aus der Karaffe nach. »Dieser Wein spiegelt wirklich in einzigartiger, unverwechselbarer Weise das Terroir dieser Lage wider.« Prüfend lässt er einen weiteren Schluck über den Gaumen abrollen. »Scheint mit allerdings etwas zu kräftig zu sein«, fügt er dann nachdenklich hinzu. Der Redakteur grunzt etwas Unverständliches.

Der Kellner nähert sich ein weiteres Mal. Statt die erwartete zweite Vorspeise, Hechtklößchen im Karpfenteig, zu servieren, beugt er sich mit sorgenvoller Miene zu dem Autor herunter. Kummermüller horcht genau auf den geflüsterten Dialog der beiden.

»Sie haben was?«

»Vertauscht, den Wein.«

»Wie konnte ...?«

»Ein neuer Mitarbeiter.«

»Mein Ruf steht auf dem Spiel.«

»Wir sind untröstlich.«

»Finden Sie heraus ...«

»Was Sie im Glas haben, sofort.«

»Haben Sie noch ...«

»Die leere Flasche? Im Weinkeller.«

»Geschwind.«

»Ich eile.«

Kummermüller ist plötzlich bester Laune. »Stimmt etwas nicht?« »Doch, doch, alles bestens, Herr Kummermüller.« Der Redakteur bittet darum, die Flasche bringen zu lassen. »Damit ich ein schönes Foto von dem Etikett machen kann«, lügt er. Jetzt habe ich ihn, den Hochstapler. Wahrscheinlich ist das ein Landwein aus dem Languedoc oder ein verschnittener Dornfelder, denkt er.

Der Kellner kommt, noch etwas außer Atem, mit einer leeren Flasche zurück an den Tisch. »Hier«, sagt er, »ist die Flasche des Weins, den Sie gerade trinken.« Der Autor nimmt sie ihm schnell ab. So sehr kann ich mich doch nicht geirrt haben, überlegt er.

Aufmerksam begutachtet er das vertraute goldene Etikett. »Herr Kummermüller«, wendet er sich schließlich an den Redakteur, »leider ist dies nicht der *Spätburgunder Goldschiefer, trocken* aus der *Walporzheimer Schlosskapelle, 2004*, den wir hier trinken.« »Sondern?« fragt der Redakteur und beugt sich lauernd über dem Tisch vor. Der Autor lächelt breit: »Es ist der *2005er*.«

11

Das Gleis

Wieder ist ein Castor-Transport mit Atommüll durch Süddeutschland geplant. Er soll, wie immer, per Bahn erfolgen. Eine Gruppe von militanten Umweltschützern will diesen Transport verhindern und beschließt, ihn an einer Stelle nördlich von München im Wald zu blockieren.

Frank, der mit seinen beiden abgebrochenen Studiengängen als Intellektueller der Gruppe gilt, trägt die Ergebnisse seiner Recherchen vor: »Ich habe aus dem Internet ein paar Satellitenbilder heruntergeladen. Hier ist noch ein zweites Gleis zu erkennen, etwas versteckt. Wahrscheinlich wurde es mit Zweigen abgedeckt, um es zu tarnen. Wenn diese Neoliberalen denken, sie könnten uns hinters Licht führen, sind sie auf dem falschen Dampfer.«

Am frühen Nachmittag des nächsten Tages findet sich die Gruppe an der zuvor lokalisierten Stelle im Wald ein und lauert ungeduldig auf den Transport. »Am schlimmsten ist das Warten«, meint jemand. »Jetzt zieht auch noch Nebel auf«, erwidert ein Zweiter. Der Anführer wiegelt ab: »Wir haben Zeit, wir können die ganze Nacht warten, notfalls auch den ganzen nächsten Tag. Oder muss einer von euch morgen etwa zur Arbeit?« Seine Begleiter schütteln sich vor Lachen.

Einer aus der Gruppe, der sich im Wald versteckt und das Gleis permanent beobachtet hat, schlägt plötzlich

Alarm: »Sie kommen«, raunt er, als er zu der Gruppe gelaufen kommt. Der Anführer gibt Anweisungen: »Es geht los. Schnell, ihr acht kettet euch an das Gleis und ihr sieben kommt mit mir. Wir verteilen uns, jeweils zu viert links und rechts des Gleises, und geben den anderen Deckung.« So haben sie es beim A-Team auch immer gemacht, denkt er.

»Ein Castro-Transport wäre mir lieber«, murmelt ein Bärtiger, dessen speckigen Kapuzenpullover ein verblichener Che Guevara ziert.

Am nächsten Tag wird der heldenhafte Einsatz des vergangenen Nachmittags auf der Homepage der militanten Aktivisten in glühenden Farben geschildert: Von »anrückenden Bullenheeren« ist dort zu lesen, die man »bearbeitet« und schließlich erfolgreich »in die Flucht geschlagen« hätte. Selbst die Varus-Schlacht wird im Vergleich zu den gestrigen Vorkommnissen zu einem harmlosen Scharmützel degradiert.

Alois Fröschl, ein Rentner aus München, der zum Zeitvertreib zur Jagd geht, mit seinem Teckel an dem besagten Nachmittag auf dem Ansitz war und zufällig Zeuge der damaligen Ereignisse wurde, erzählte mir später, wie die Geschichte wirklich zu Ende ging:

Ein Aktivist hält wie ein Sioux ein Ohr an die Gleise. »Sie nähern sich, macht euch bereit«, alarmiert er seine Begleiter. »Hoffentlich kommen sie nicht zu schnell um die Kurve, sonst überfahren sie uns noch«, befürchtet der Bärtige. Sie scheinen entdeckt worden zu sein, jedenfalls kommen die Geräusche nur langsam näher.

Schemenhaft taucht aus dem Nebel ein Schienenfahrzeug auf. Links und rechts sehen sie kräftige Männer marschieren, offensichtlich der Begleitschutz. Sie hören die Stimme des Anführers des Begleitkommandos.

»Schiebt die Draisine etwas schneller, dann werden wir bis morgen Abend fertig.« Der Arbeiter, der vorne rechts an der Draisine geht, fragt: »He, Chef, was sind denn das für Leute dahinten?« »Das sind bestimmt ein paar eingefleischte Eisenbahn-Fans vom örtlichen Märklin-Club, die den Abbau der stillgelegten historischen Reichsbahn-Strecke miterleben wollen.«

12

Das Rathaus

Oberbürgermeister Peter Schmitz kommt mit einem jovialen Lächeln die Treppe herunter. »Herr Windhorst? Angenehm, Peter Schmitz«, begrüßt er seinen Gast und drückt ihm in der für ihn typischen Art fest die Hand. »Es ist mir eine Ehre, Herr Oberbürgermeister, dass Sie sich für mich die Zeit nehmen.« »Ach was, die Ehre ist ganz auf meiner Seite. Jeder Investor, der in meiner Heimatstadt Geschäfte macht, ist mir herzlich willkommen. Hatten Sie eine angenehme Anreise?«

»Alles bestens. Ich bin ja bereits früher oft in Köln gewesen. Mir fiel übrigens bei der Herfahrt der leere Sockel auf dem Heumarkt auf. Was ist eigentlich aus dem schönen Reiterstandbild geworden?« »Wie, äh ja, das ist eine lange Geschichte. Das Denkmal wird derzeit aufgefrischt, im Depot sozusagen. Wir haben da im Moment einige Probleme mit einer erstarkenden links-populistischen Gruppierung, die sich selbst als *Leninistische Partei-Genossen,* kurz *LPG* bezeichnet. Eine konstruktive Arbeit im Stadtrat wird dadurch leider verhindert, zumal es viele opportunistische Mitläufer gibt.«

»Gefährliche Leute sind das, Herr Schmitz. Ginge es nach *denen,* wäre unser Land rasch in ganz anderer Verfassung. Stalins Bildnis grüßte bald von jenem Sockel und nach dem Preußenkönig lagert man uns Demokraten ein.«

»Ein überaus unerfreuliches Thema, wenden wir uns lieber Angenehmerem zu. Kommen Sie, Herr Windhorst, ich möchte Ihnen jemand vorstellen.« Schmitz weist seinen Gast auf eine junge Frau hin. Diese weiht soeben einen Iraner in die Finessen kölschen Liedguts ein: »Nein, Ismail. Erstens sagt man nicht Colonnius, sondern Colonius. Zweitens heißt es nicht »das«, sondern »der« Colonius. Und drittens ist es nicht der Colonius, sondern der Dom. Wir singen im Allgemeinen: »M'r losse d'r *Dom* in Kölle.«

Schmitz macht die beiden miteinander bekannt: »Das ist Frau Nkomo-Walterscheidt, unsere tüchtige Integrationsbeauftragte.« Windhorst reicht ihr die Hand. »Ich kenne einen Herrn Nkomo aus Hamburg, einen berühmten Künstler für Holzschnitzereien. Ist das ein Verwandter von Ihnen?« Sie bejaht stolz lächelnd: »Das ist mein Schwiegervater.«

Im Hintergrund des Foyers probt eine Band auf einer Bühne. »Ganz schön was los hier«, meint Windhorst. »Wir sind sehr aktiv bei der Integration von Zugereisten. Heute haben wir einen Talentwettbewerb für ausländische Musiker«, erläutert die Integrationsbeauftragte. Ein Franzose trällert gerade eine alte Schnulze: »Was isch noch zu tragen 'ätte, pack isch auf meine Bi-cy-clette …« »Und ich schlaf gleich ein im Ste'hn«, murmelt Windhorst. »Wie meinen?«, fragt Peter Schmitz. »Oh ja, ein schönes Lied«, versichert der Hamburger.

»Hier entlang bitte, ich möchte Ihnen etwas zeigen.« Der Oberbürgermeister setzt den Rundgang mit seinem Gast weiter fort. Sie gehen an einem Besprechungsraum vorbei. Durch die Glastür kann man mehrere Männer sehen, die mit sorgenvollen Mienen etwas von offenbar erheblicher Tragweite diskutieren. »Ist das der Haushaltsausschuss, der dort gerade tagt?« »Nein«, antwortet der Oberbürgermeister, »das ist eine Abordnung des Festkomitees Kölner Karneval. Hier wird über das Motto der nächsten Session beraten. Es gibt schließlich nichts Ernsteres in Köln als den Fastelovend. Da hat noch lange nicht jeder etwas zu kamellen. Ich bin aber sehr zuversichtlich: Hinterm Horion, äh, Horizont zieht die Karawane bekanntlich weiter.«

Sie durchqueren einen langen Säulengang und erreichen einen etwas weniger frequentierten Gebäudeteil. »Das hier«, erklärt Schmitz seinem Besucher, »ist der Portugiesische Pavillon.« Windhorst ist nicht gerade überwältigt. »Ein schöner Bodenbelag, den Sie da haben. Was kommen denn da in der Mitte des Raums für Anschlüsse hervor?«

»Gut, dass Sie fragen, Herr Windhorst. Wir haben an dieser Stelle einen schönen Brunnen geplant. Leider rückt unser knauseriger Kämmerer nicht einen Cent dafür heraus und verweist auf unsere klamme Stadtkasse.« »Haben Sie mal einen Spendenaufruf an die Kölner Mäzene ins Auge gefasst?«, fragt Windhorst, der weiß, was auf ihn zukommt. »Ja, natürlich. Leider sind diese einem derartigen Ansinnen gegenüber derzeit nicht sehr aufgeschlossen.« »Woran liegt das?« Windhorsts Interesse ist geweckt.

»Nun«, führt der Oberbürgermeister aus, »vor einiger Zeit haben wir drei Dutzend kostbare historische Laternen für den Rathausvorplatz erworben. Alle Lampen wurden von Spendern finanziert und haben pro Stück rund 12 000 Euro gekostet.« »Eine stattliche Summe«, bemerkt Windhorst. Der Oberbürgermeister fährt fort: »Leider haben wir, den Empfehlungen eines anerkannten Experten folgend, die Laternen mit einer neuen Beschichtung versehen lassen, um sie leichter und somit preiswerter reinigen zu können.« »Aber?« »Diese neuartige Legierung reagierte mit dem alten Material so unglücklich, das alle Laternen innerhalb kurzer Zeit fast vollständig vom Rost zerfressen wurden. Viele sind beim Sturm vor zwei Monaten abgebrochen. Im günstigsten Fall sehen sie aus wie Bogenlampen. Ein unerquicklicher Zustand.«

»Verstehe, kein Wunder, dass das Spendenaufkommen nicht mehr so sprudelt«, bemerkt Windhorst. »Sie sagen es«, seufzt der Oberbürgermeister, »daher wäre ich sehr erfreut, wenn Sie sich mit einem bescheidenen Obolus an unserem kleinen Brunnen hier beteiligen könnten. Das hat selbstverständlich keinerlei Einfluss auf die Baugenehmigung für Ihre geplanten Windräder in Marsdorf. Die Entscheidung ist ja ohnehin bereits vom Bauausschuss verbindlich positiv getroffen worden.« »Das freut mich sehr, Herr Oberbürgermeister, und ich bin beeindruckt, in welch uneigennütziger Weise Sie sich für die Belange Ihrer Stadt einsetzen. An welche Summe hatten Sie denn gedacht?« »Herr Windhorst, ich wäre Ihnen verbunden, wenn Sie der Stadt Köln 250000 Euro spenden würden.« Windhorst hatte mit einer solchen Größenordnung gerechnet und diese bereits eingeplant. »Abgemacht, Herr Schmitz, wir sind im Geschäft.«

13

Der Neffe

Die ältere Dame sitzt tief über das Telefonbuch gebeugt und studiert durch dicke Brillengläser aufmerksam die Einträge. Da, schon wieder so ein neumodisch klingender Vorname. Versuchen wir mal unser Glück, denkt sie und wählt die Nummer an.

Es klingelt. »Kevin«, ruft eine junge Frauenstimme, »gehst du mal bitte ans Telefon, das ist bestimmt wieder so ein Vertreter, ich habe gerade die Haare nass.« Der junge Mann greift zum Telefonhörer: »Meyer?« »Hallo, Kevin, wie geht's dir?«, klingt eine ältliche Stimme aus dem Hörer. »Rate mal, wer dran ist?« Kevin hat nicht die leiseste Ahnung. »Äh, wie belieben?« »Ooch, Jungchen, erkennst du die Stimme von deiner alten Tante Käthe nicht mehr?« Kevin ist ratlos: Tante Käthe? Das war doch mal der Spitzname von Rudi Völler? Oder hat er da tatsächlich eine Verwandte vergessen? An die Gesichter kann er sich natürlich noch alle erinnern, aber die Namen sind ihm entfallen. Er hat schließlich immer viel zu tun und seine Verwandtschaft lebt bis in den brasilianischen Regenwald hinein verstreut, da kann man sich beim besten Willen nicht alles merken.

»Schatz«, ruft seine Frau aus dem Badezimmer, »wer ist denn da am Telefon?« Kevin hält die Hand auf den Hörer: »Tante Käthe!« »Tante Käthe? Nie gehört.«

Kevin hüstelt und nimmt die Hand von dem Hörer. »Mensch, Tante Käthe, das ist ja ein Ding, wo hast du nur gesteckt, all die Jahre?« »Ja, ja, nie hast du dich um mich gekümmert. Jetzt vegetiere ich hier vor mich hin in einem Achterzimmer im St.-Josef-Heim.« »Wieso Heim, das heißt doch heute Seniorenresidenz?« Die ältere Dame lacht heiser auf: »Residenz, ha, von wegen. Wenn du mich mal hier besucht hättest, würdest du das nicht sagen.« »Ich werde das bestimmt mal nachholen, versprochen. Was ist denn eigentlich der Grund für deinen so überraschenden Anruf?«

»Gut, dass du fragst, mein Lieber. Letzte Woche ist mein Rollator kaputtgegangen und ich kann mir die Reparatur einfach nicht leisten. Meine Rente reicht hinten und vorne nicht. Könntest du mir mit der bescheidenen Summe von 500 Euro kurzfristig aushelfen? Wenn ich den Reparaturauftrag bis morgen erteile, bekomme ich sogar noch 10 % Rabatt. Du bekommst das Geld zurück, wenn meine nächste Rente auf dem Konto ist.« Kevin, der sich moralisch in der Pflicht sieht, sagt sofort zu: »Klar mach ich das, Tantchen. Ich kann dir das Geld morgen persönlich vorbeibringen. Das St.-Josef-Heim ist ja nicht weit weg von hier.« »Das ist aber nett. Ich möchte nur lieber erst mal den Rollator reparieren lassen, bevor du mich besuchen kommst, dann kann ich mich besser bewegen. Ich schicke dir unsere liebe Schwester Mechthild vorbei. Sie gilt hier im Heim als sehr vertrauenswürdig und wohnt auch zufällig bei dir in der Nähe. Morgen Nachmittag, nach Dienstschluss, kann sie das Geld für mich bei dir abholen.«

Kevin ist einverstanden. Am nächsten Tag klingelt eine seriös wirkende ältere Dame in Schwesterntracht an der Tür.

»Sind Sie Kevin, der hilfsbereite Neffe von Tante Käthe?« »Der bin ich.« Schwester Mechthild nimmt den Umschlag mit dem Geld entgegen und verabschiedet sich rasch wieder.

Am nächsten Morgen beim Frühstück fällt Kevins Blick in der Tageszeitung auf eine interessante Nachricht: »Junge Leute auf Neffen-Trick hereingefallen«. »Schatz, hast du das gelesen? Unglaublich.« Stockend liest er seiner Frau vor: »Eine organisierte Bande von Senioren erbeutete in den letzten Monaten mehrere tausend Euro bei gutgläubigen jungen Leuten. Die Polizei nahm am vergangenen Abend eine ältere Dame fest, die sich als Tante Käthe ausgegeben hatte und offensichtlich die Drahtzieherin ist. Bisher hat sie 14 falsche Neffen um jeweils 500 Euro gebracht und sich damit ihre schmale Rente aufgebessert. Die Gauner gingen arbeitsteilig vor: Während Tante Käthe den Kontakt herstellte, fungierte eine andere der Seniorinnen als Schwester Mechthild, die geschickt wurde, um bei den ahnungslosen Opfern das Geld abzuholen«.

Die Hauptverhandlung wird rasch anberaumt. »Sagen Sie mal, gute Frau, haben Sie noch nie etwas von Altersvorsorge gehört?«, fragt der Richter soeben vorwurfsvoll die grauhaarige Dame auf der Anklagebank. »Staats-Rente, Riester-Rente, Rürup-Rente, da blickt doch keiner mehr durch, junger Mann«, erwidert die falsche ›Tante Käthe‹. »Da haben wir uns eben für die Rasche Rente entschieden, steuerfrei. Außerdem hat mir letzten Monat so ein Strolch mein Portemonnaie im Kölner Hauptbahnhof gestohlen. Direkt aus meinem Rollator-Korb.«

Nach kurzer Beratung wird die alte Dame zu 40 Sozialstunden verurteilt, abzuleisten im St.-Josef-Heim.

14

Die Firma

Alle sind sie in die Stuttgarter Festhalle gekommen, als Firmenpatriarch Mienzle zur Feier seines 85. Geburtstags lädt: der Ministerpräsident, der Landrat, der Oberbürgermeister, sämtliche Honoratioren haben sich eingefunden. Dazu rund 500 aktive oder bereits pensionierte Mitarbeiterinnen und Mitarbeiter der Mienzle KG. Reden werden gehalten und verdiente Mitarbeiter, die schon 50 Jahre »beim Mienzle schaffen«, erhalten goldene Uhren. »Damit ihr immer schön pünktlich bei der Arbeit seid«, sagt Mienzle.

»Wer ist denn das da rechts neben dem Chef?«, fragt ein Mitarbeiter, der weiter vorne sitzt. »Das ist Dr. Schmidt-Rottland, von der Allgemeinen Deutschen Erst- und Rückversicherungs AG«, erwidert sein Kollege, der als Betriebsrat mit den Verhältnissen der Firma gut vertraut ist.

Mienzle kommt zum Ende seiner Rede: »Sehr geehrte Damen und Herren, liebe Gäste. Ich habe nach langer und reiflicher Überlegung entschieden, mich zum Ende dieses Monats zur Ruhe zu setzen. Das vergangene Geschäftsjahr war das bisher beste in unserer rund 150-jährigen Firmengeschichte. Wir beschäftigen in 72 Ländern in 167 Werken rund 54 000 Mitarbeiter und haben letztes Jahr über 14 Milliarden Euro Umsatz erzielt. Das Unternehmen hat keinen einzigen Cent Schulden.«

Er lässt seine Worte einen Augenblick auf die Zuhörer wirken, bevor er fortfährt: »Um die Kontinuität unserer Firma sicherzustellen, habe ich alle Firmenanteile mit heutiger Wirkung an die Beteiligungsgesellschaft der Allgemeinen Deutschen Erst- und Rückversicherungs AG verkauft. Schenken Sie also bitte den neuen Eigentümern das gleiche Vertrauen, das Sie auch mir über Jahrzehnte entgegengebracht haben. Herr Dr. Schmidt-Rottland wird zukünftig Vorsitzender des Vorstands sein. Herr Dr. Schmidt-Rottland, bitte kommen Sie an das Mikrofon und stellen sich kurz vor.«

Einen Monat später erhalten die Angestellten der Mienzle KG von ihrem neuen Vorstandsvorsitzenden ein elektronisches Rundschreiben: »Liebe Mitarbeiterinnen und Mitarbeiter. Um Ihr Unternehmen den Anforderungen der Globalisierung anzupassen und um Kapital für die weitere Entwicklung von Auslandsmärkten bereitstellen zu können, haben wir die Mienzle KG in eine Aktiengesellschaft umgewandelt. Wir werden rund 48 % unserer Aktien an der Börse platzieren. Weitere 1 % des Aktienkapitals, stimmrechtslose Vorzugsaktien, bieten wir Ihnen, liebe Mitarbeiterinnen und Mitarbeiter, als Belegschaftsaktien zum Vorzugspreis zum Kauf an.«

Noch etwas später berichtet der Finanzvorstand im Büro des Vorstandsvorsitzenden Dr. Schmidt-Rottland: »Wir haben alle 48 % der Aktien über unseren Banken-Pool bei institutionellen Anlegern platzieren können. Die Emission ist dreifach überzeichnet gewesen. Allein mit diesen 48 % haben wir unser komplettes Investment schon amortisiert. Unser Konsortialführer, *Soldman Katz & Company* in New

York, hat erstklassige Arbeit geleistet. Übrigens haben wir für unsere verbliebene 51 %-ige Beteiligung auch bereits ein Angebot von einer britisch-chinesischen Merchant-Bank erhalten. Später können die Chinesen auch die Belegschaftsaktien leicht wieder einsammeln.« »Laden wir sie mal ein und hören wir uns an, wie viel sie uns bieten«, schlägt Dr. Schmidt-Rottland vor.

Sechs Monate darauf ist man mit den Chinesen handelseinig. In der Tages- und Wirtschaftspresse findet die Transaktion ein großes Echo: »Mienzle AG von chinesischer Großbank aufgekauft«, »Betriebsrat ruft zum Streik auf«, »Ausverkauf des deutschen Mittelstands«, »Bis zu 20 000 Stellen in Gefahr«, lauten die Schlagzeilen. Eine große deutsche Boulevardzeitung titelt gar: »Heuschlecken im Ländle«.

Die britisch-chinesische Merchant-Bank hat vorsorglich und diskret die 48 % der im Streubesitz befindlichen Anteile über weltweit verteilte Finanzintermediäre aufkaufen lassen. Mit den 51 % Aktien des soeben von der Beteiligungsgesellschaft der Versicherung erworbenen Pakets verfügen sie nun über 99 % der Aktien. Für die restlichen 1 % Belegschaftsaktien, deren Bindungsfrist bald abläuft, wird ein Zwangsabfindungsangebot vorbereitet. Auf der nächsten Hauptversammlung will man ganz unter sich sein.

Innerhalb eines Jahres werden von den neuen Eigentümern alle inländischen Werke bis auf den Stammsitz in Stuttgart verkauft und die Produktion nach Rumänien und China verlagert. Die anderen Auslandsniederlassungen werden Stück für Stück abgestoßen. Das Eigenkapital, das unter Herrn Mienzle noch 100 % betrug, wird von den Chinesen durch Aufnahme von langfristigen Krediten auf 50 % abgesenkt. Die Firmenzentrale verbleibt bis auf Weiteres in Stuttgart.

Ein Jahr später ruft Stanley Wu Lynch, der seit einem Jahr Vorstandsvorsitzender der Mienzle AG ist und von Hongkong aus das Unternehmen leitet, John Cantalupo, einen bekannten amerikanischen Firmenaufkäufer, an. Der residiert in einem schwarzen Glaspalast mitten im Zentrum von Houston. »Buongiorno, Stan, wie geht's? Vielen Dank übrigens für die beiden weißen Marmordrachen. Sie sind vor zwei Tagen angekommen.« »Nichts zu danken, John, hast du einen guten Platz zum Aufstellen gefunden?« »Auf Anraten eines ortsansässigen, zertifizierten Feng-Shui-Meisters habe ich sie links und rechts meiner Garagenauffahrt platziert. Jetzt bewachen die beiden meinen Cadillac.« »Konntest du etwas für meinen Großvater tun?«, erkundigt sich der Chinese. »Natürlich, Stan. Ein Freund von mir arbeitet bei der Einwanderungsbehörde. Er schuldete mir noch einen Gefallen und jetzt hat dein Großvater endlich die amerikanische Staatsangehörigkeit und einen druckfrischen Pass.« »John, das war auch Zeit, nach sechsundfünfzig Jahren. Was unseren Deal angeht: Für 125 Dollar pro Aktie kannst du das komplette Mienzle-Aktienpaket von uns kaufen.« »Freut mich zu hören, Stan, schick mir die Vertragsunterlagen gleich online herüber.«

Vor John Cantalupos Investmentfirma, der Big Bucks Investments, ist kein Unternehmen sicher, sei es auch noch so groß. Um die Übernahme der Mienzle AG durchzuführen, wird zunächst eine Finanzholding mit Sitz auf den Cayman-Inseln gegründet. Diese Finanzholding wird mit

4 Milliarden Dollar Eigenkapital aus den liquiden Mitteln der Big Bucks Investments ausgestattet. Zusätzlich nimmt die Holding am Finanzmarkt weitere 36 Milliarden Dollar an Krediten auf. Mit diesen insgesamt 40 Milliarden Dollar wird der Kauf der Mienzle AG finanziert. Der verkaufenden britisch-chinesischen Bank verbleibt ein ansehnlicher Veräußerungsgewinn in Höhe von rund 5 Milliarden Dollar nach Steuern.

Dann fusioniert die Big Bucks Investments die Finanzholding auf den Cayman-Inseln mit der Mienzle AG in Stuttgart. Hierdurch verringert sich das Eigenkapital der Mienzle AG auf nur noch 10 % und ihr Schuldenberg wächst zugleich beträchtlich. John Cantalupo gibt an das Management der Mienzle AG die unzweifelhafte Parole aus: »Cash is King. Wir machen alles zu Geld, was einen Wert hat.« Im Rahmen einer Sonderdividende werden umgehend alle verfügbaren Barmittel der Mienzle AG an die neuen Eigentümer, die Big Bucks Investments, ausgeschüttet. Die Mienzle AG bezahlt also quasi ihren Aufkauf selbst, hat aber plötzlich riesige zusätzliche Schulden. Alle Auslandsniederlassungen in Rumänien und China werden an Konkurrenten verkauft, die Patente und Maschinen meistbietend versteigert. Es kommt zu Massenentlassungen am letzten in Deutschland verbliebenen Standort Stuttgart. Diese Entwicklung und das immer unangenehmer werdende Interesse der Öffentlichkeit rufen schließlich die Familie Mienzle wieder auf den Plan, die die Firma zurückkaufen will, um ihre Reputation zu retten. John Cantalupo trifft sich mit Herrn Mienzle und seiner Frau am Stammsitz der Mienzle AG in Stuttgart am Werkstor

1. Mienzles kommen zu Fuß und schauen sich überall um. Das großzügige Gelände ist nahezu verwaist. Vertrocknetes Blattwerk wird vom Wind vorübergeweht und viele Glasscheiben in den Fertigungshallen sind bereits stumpf geworden. Im Gebäude der ehemals florierenden Trinkhalle vor dem Stammsitz hat inzwischen das Arbeitsamt eine Außenstelle eingerichtet.

Der Amerikaner lässt sich pünktlich in einem nagelneuen Maybach vorfahren. Er stellt sich dem Ehepaar Mienzle vor: »Guten Tag, mein Name ist Cantalupo, John Cantalupo.« Herr Mienzle macht Smalltalk: »Sie haben eine tolle Bräune, kommen Sie aus Arizona?« »Nein, aus Texas. Aber die meisten, die meinen Namen das erste Mal hören, vermuten, ich sei aus Chicago.« Frau Mienzle ist bestürzt über den trostlosen Anblick, den das ehemals so belebte Werksgelände bietet. »Aber Herr Cantalupo, hier arbeiten ja nur noch drei Menschen: der Pförtner, der Hausmeister und die Putzfrau.« »Ja, ich weiß, Frau Mienzle, mir sind die Personalkosten auch immer noch zu hoch. Aber ich kann Sie beruhigen, die drei sind von einer Zeitarbeitsfirma. Wir haben zu deren Ablösung schon einen 1-Euro-Jobber in Aussicht. Er wird in Kürze aus Nordkorea erwartet.« Mienzle ist ratlos. »Lieber Herr Cantalupo, wenn hier niemand mehr arbeitet, mit wem sollen wir denn dann noch Geld verdienen?«

Cantalupos Lächeln erinnert jetzt stark an die Tigerkatze aus »Alice im Wunderland«. »Aber Herr Mienzle, dies ist ja auch keine Firma, mit der man arbeitet, sondern eine, mit der man spekuliert.«

15

Der Mittelständler

Die Hoffmann-Werke GmbH, ein erfolgreicher mittelständischer Betrieb der Metall verarbeitenden Industrie, hat ihren Sitz südlich von Leipzig. Herr Dr. Hoffmann, der Inhaber, zeichnet soeben die in dieser Woche anstehenden Rechnungen ab: Nachzahlung an das Finanzamt, Vorauszahlung Umsatzsteuer-Voranmeldung, Grundsteuer, Berufsgenossenschaft, Industrie- und Handelskammer, Mautgebühr, Dieselzuschlag, Duales System, Feuerlöscher-Wartung, Haftpflichtversicherung, Gebäudeversicherung, Deutsche Telekom, CO_2-Abgabe … CO_2-Abgabe?

Er steht auf und öffnet die Türe zu seinem Vorzimmer. »Gertrud, was hat es denn mit der CO_2-Abgabe auf sich?« »Da war doch neulich dieser Mann hier, Herr Dr. Hoffmann, dieser etwas füllige Herr mit den nach hinten gegelten schwarzen Haaren und der öligen Stimme, erinnern Sie sich nicht?«, erwidert seine Assistentin, die ihm seit zwanzig Jahren den Rücken freihält. »Ich erinnere mich. Wie berechnet sich denn diese komische Abgabe?« »Jeder Mitarbeiter wird einzeln gewogen. Ein Kilogramm entspricht dann jeweils einem Euro und diese Summe wird multipliziert mit den Jahren seiner Betriebszugehörigkeit.« »Auweia, und das ist dann die Abgabe pro Jahr?« »Schön wär's, Chef. Nein, das ist die Abgabe pro Monat. Dafür bekommen wir dann zum Jahresende entsprechende

Zertifikate.« »Mit denen wir dann was machen, Gertrud?«
»Ich habe nicht die leiseste Ahnung, Chef. Übrigens, Herr
Dr. Hoffmann, um 9.00 Uhr haben Sie einen Bespre-
chungstermin mit Herrn Kröther.« »Wie könnte ich den
vergessen?«

Dr. Hoffmann hat gerade seine Bürotüre von innen
geschlossen, da wird sie auch schon wieder ungestüm auf-
gerissen. Betriebsrat Karl-Heinz Kröther steht im Rahmen,
an seiner Seite ein muskelbepackter Mann, der Hoffmann
unbekannt ist. Kröther stellt ihn vor: »Das ist unser neuer
Betriebsrat, Herr Werner Weberknecht.« »Ich dachte, Sie
sind unser Betriebsrat, haben wir jetzt deren zwei?« »Nein,
ab heute bin ich Ober-Betriebsrat, oder heißt es Betriebs-
Oberrat? Na, wie auch immer. Warte bitte vor der Tür,
Werner, und sorg dafür, dass wir nicht gestört werden.«

Kröther setzt sich auf Hoffmanns Ledersessel, da dies
das einzige Möbelstück im Raum ist, das seiner gewich-
tigen Erscheinung gewachsen ist. »Macht einen durch-
trainierten Eindruck, Ihr Begleiter«, bemerkt Hoffmann
süffisant. »Der nimmt wohl viele Vitamine zu sich? Seit
wann treffen eigentlich Sie in meiner Firma die Perso-
nalentscheidungen, Herr Kröther?« »Tja, Hoffmann, so
ändern sich die Zeiten. Haben Sie den Ausgang der Bun-
destagswahlen gestern Abend mitbekommen? Jetzt haben
wir hier das Sagen! Unser Dreier-Bündnis *Leninistische
Partei-Genossen*, kurz LPG, hat klar die Mehrheit im Bun-
destag.« »Aber Herr Kröther, es sind doch nur knapp zwei
Millionen Menschen wählen gegangen.« »Na und, Hoffmann? Von unseren Leuten haben alle gewählt, 100%.
Von euch Demokraten sind keine 3% zur Stimmabgabe

aufgetaucht, da müsst ihr euch an die eigene Nase packen.«

»Was wollen Sie heute eigentlich mit mir besprechen, Herr Kröther?« »Die neue Lohnerhöhung. *Mehr muss her! Mindestens acht Prozent!*« »Aber Herr Kröther, wir haben doch erst letzten Monat die Löhne angehoben. Mein Angebot, alle Arbeiter und Angestellten an einer umfangreichen Weiterbildung teilnehmen zu lassen, haben Sie einfach vom Tisch gewischt. So wird es immer schwerer, der Konkurrenz Paroli bieten zu können, wenn alle auf demselben Kenntnisstand stehen bleiben.« »Ach was, Hoffmann, Weiterbildung ist Gedöns, nur Bares ist Wahres!«

»Herr Kröther, höhere Löhne kann ich nicht mehr bezahlen. Schon in diesem Monat übersteigen die Gehaltszahlungen unseren Umsatz.« »Mir egal, Hoffmann, die Buchhaltung ist Ihr Bier. Ich bin nur für die Umverteilung verantwortlich. Nehmen Sie doch einen Kredit bei der OstLB auf, um die Lohnerhöhung zu begleichen. Sie können ja dafür Ihr Haus beleihen oder Ihre Kinder tragen morgens vor der Schule Zeitungen aus.« Kröther beugt sich vor und droht: »Wir können auch ganz anders, Hoffmann, nehmen Sie sich bloß in Acht. Soll ich vielleicht Weberknecht hereinrufen? Ich will heute Abend von Ihnen eine positive Antwort, sonst lasse ich Sie absetzen.« Hoffmann lässt sich nicht einschüchtern. »Ich überlege mir etwas, wir sehen uns heute Abend wieder, um 18.00 Uhr.« »Ich bin jetzt erst mal im Sanitätsraum, Hoffmann.« »Haben wir heute eine Erste-Hilfe-Schulung im Hause, Herr Kröther?« »Nein, ich mache ein kleines Nickerchen.« »Ich habe noch einige Termine, bis nachher.«

Während Kröther aus dem Büro stapft, tritt ein anderer Mann ein. Dr. Hoffmann ist überrascht. »Haben Sie einen Termin vereinbart, ich kenne Sie gar nicht?« Der Mann, der einen unauffälligen, hechtgrauen Anzug trägt, stellt sich vor: »Smith, John Smith. Ich komme von der Vereinigung der tonangebenden Musiker. Wir vertreten die Interessen aller musikschaffender Künstler, vom Bänkelsänger bis zur Rocklegende. Laut meinen Unterlagen betreiben Sie in den Räumen Ihres Werkes eine Türglocke, acht Kaffeemaschinen und einen elektrischen Schneebesen in der Kantine.« »Ja, aber Herr Smith, das sind doch keine Radiogeräte«, bemerkt Dr. Hoffmann konsterniert. Der Kontrolleur zeigt sich unbeugsam. »Ganz egal, nach dem Gesetz sind von elektrischen Kleingeräten erzeugte Geräusche als *Neuartiges, musikersetzendes Akustikevent* einzustufen und daher gebührenpflichtig.« Smith zückt einen großkalibrigen Taschenrechner und tippt rasch einige Zahlen ein. »Das sind jeweils monatlich sechs Euro, seit fünf Jahren gilt diese Verordnung, das macht bei zehn Geräten zusammen: 3 600 Euro, zahlbar sofort. Seien Sie froh, dass wir den Betrag nicht auch noch verzinsen.« Hoffmann schüttelt nur resigniert den Kopf und verweist Smith an seine Assistentin: »Gertrud, begleichen Sie bitte aus unserer Kasse die 3.600 Euro, ich muss jetzt los.«

Am Abend kehrt Dr. Hoffmann von seinen Kundenterminen ins Büro zurück. Kröther hat inzwischen eine außerordentliche Betriebsversammlung in der Kantine einberufen. Dr. Hoffmann sieht sich einer aufgeputschten Menge von eigenen Mitarbeitern und Fremden gegenüber. Kröther präsidiert am Kopfende des Saals an einem Tisch, flankiert von Bea Loetsch-Kopp, einer links-ökologischen Kommunalpolitikerin, und zwei Gewerkschaftsfunktionären, den Herren van Dommen und van Geesteren. Hinter Kröther hat sich der vierschrötige Werner Weberknecht aufgebaut. Neben ihm hängt eine große rote Fahne schlaff herunter.

»Frau Loetsch-Kopp wird also Vertriebsleiterin und ich selbst übernehme die Geschäftsführung«, schließt Kröther gerade seine Ausführungen ab. »Welche Qualifikation bringt die Dame für diesen Job mit sich?«, wagt Dr. Hoffmann zu fragen. Kröther antwortet unwirsch: »Ah, Hoffmann, sind Sie auch endlich da? Sie ist schon jahrelang in der Partei, außerdem hat sie bei der Volkshochschule mal an einem Kurs teilgenommen.« »Vermutlich das Vicco von Bülow'sche Jodeldiplom, Herr Kröther, wie?« Dr. Hoffmann, der sich ohnehin hier auf verlorenem Posten sieht, gewinnt seine Angriffslust zurück. »Es scheint mir überfällig gewesen zu sein«, kreischt Frau Loetsch-Kopp mit hochrotem Kopf und verzerrten Gesichtszügen los, »Sie in dieser Funktion abzulösen. Sie sind nachweislich nicht kooperativ.« Herr Kröther ergänzt: »Hoffmann, wenn ich um Ihre Büro- und Autoschlüssel bitten darf?« Weberknecht spannt hinter ihm drohend die Muskeln, um den Worten seines Chefs mehr Gewicht zu verleihen. Hoffmann reicht Kröther die geforderten Schlüssel. »Mögen Sie daran ersticken, Kröther, Sie und Ihre Bande.« »Sie können jetzt gehen, Hoffmann, Ihr Betrieb ist bei mir in den besten Händen.« Dr. Hoffmann verlässt ohne ein weiteres Wort die unsägliche Veranstaltung und begibt sich zur Bushaltestelle, die sich vor dem Werksgebäude befindet.

Zu Hause angekommen, bittet er seine Frau, das Nötigste zu packen und sich mit den Kindern reisefertig zu machen. Während sie rasch alles zusammensucht, telefoniert er mit seiner Assistentin Gertrud. »Nein, Chef, ich bleibe hier. Mir werden diese Leute nichts tun, schließlich kenne ich die Firma in- uns auswendig.« »Gut, einverstanden, es ist Ihre Entscheidung. Hat sich unser Produktionsleiter schon in Sicherheit bringen können?«, erkundigt sich Dr. Hoffmann besorgt. »Ja, Gott sei Dank. Dieser schreckliche Kröther hat ihn entlassen, stellen Sie sich das vor. Als Nachfolger hat er diesen Anabolika-Typen berufen, Werner Weberknecht. Unser alter Hildebrandt hat mit seiner Frau gerade noch die letzte Maschine nach Teneriffa bekommen. Die beiden richten sich jetzt in ihrer dortigen Finca ein und warten hoffnungsvoll die weitere Entwicklung ab.« Hoffmann bedankt sich bei seiner Assistentin nochmals herzlich und wünscht ihr alles Gute.

Dann verlässt er das Haus und steigt zu seiner wartenden Familie in den auf der Garagenzufahrt geparkten, vollbeladenen Van, den seine Frau bisher immer genutzt hat. Hoffmanns fahren die ganze Nacht durch und tanken nur einmal auf der Hälfte der Strecke. Kurz vor Mitternacht erreichen sie die deutsch-schweizerische Grenze bei einem kleinen Übergang in der Nähe von Winterthur. Das »Grüezi miteinand« des schweizerischen Zöllners klingt wie die Verheißung des Paradieses. Mit Freude händigt Dr. Hoffmann ihm die geforderten fünfzig Euro für die begehrte Autobahnvignette aus.

»Diese Flucht«, seufzt Dr. Hoffmann, »ist mir irgendwie peinlich. Was mögen wohl die anderen Mittelständler dazu sagen? Hoffentlich sind wir nicht die Einzigen.« Er hat den Satz gerade ausgesprochen, da muss er eine abrupte Vollbremsung hinlegen. Am Ausgang der von ihnen soeben durchfahrenen Kurve finden sie sich am Ende einer unübersehbaren Schlange von Fahrzeugen wieder. Auch hinter ihnen schließen bereits weitere Autos auf. »Oh, mir scheint, wir sind nicht ganz alleine«, bemerkt Frau Hoffmann.

Ruhig und geordnet bewegt sich die riesige Menge an Pkws, Wohnmobilen und Lieferwagen in Richtung Winterthur. Als sie die Ortsgrenze des beschaulichen Städtchens erreichen, dämmert bereits der Morgen heran. »Schau mal, Vati, da steht ein Hinweisschild«, ruft seine Tochter vom Rücksitz. Hoffmann liest laut vor: »*Sammelstelle für deutsche Mittelständler.*« Hoffmanns Fahrzeug wird von schweizerischen Ordnern in hellen Warnwesten auf einen großflächigen Parkplatz gelotst. Sie stellen den Van neben einem Lieferwagen ab. »Schau mal«, sagt Frau Hoffmann zu ihrem Gatten, »da steht ja auch der Wagen vom Thüringer Fliesen-Center aus Mühlhausen, die haben uns doch vor zwei Jahren das Gästebad gekachelt.« Nachdem sie ausgestiegen sind und ihre etwas steif gewordenen Glieder gestreckt haben, sehen sie sich um. Helfer bringen ihnen sofort einen heißen Frühstückskaffee, dazu ein Stückchen *Schoggi*: »Herzlich willkommen in der Schweiz!« Hoffmanns sehen sich um.

Auf einer weitläufigen Wiese stehen Dutzende riesiger Zelte in unterschiedlichen Farben. Die Schweizer Verwaltung hat für jede Branche ein eigenes Aufnahmezelt eingerichtet. Ein junger Beamter mit akkuratem Scheitel wendet sich soeben an die vor ihm stehende Gruppe: »Sind die Steuerberater und Wirtschaftsprüfer jetzt vollzählig? Folgen Sie mir bitte, der Zug nach Zürich fährt in zehn Minuten ab. Beeilen wir uns, Sie werden dort dringend gebraucht.« Hoffmanns betreten das blaue Zelt. »Ist das hier Metallverarbeitung?« »Nein«, antwortet jemand hilfsbereit, »hier ist Heizung-Sanitär, Metallverarbeitung ist im grauen Zelt.«

Die zigtausend deutschen Mittelständler, die in den letzten Tagen in die Schweiz geflüchtet sind, werden im Land rasch nach dem jeweiligen Bedarf verteilt. Von Zürich bis Genf, von Zermatt bis St. Moritz sind sie wegen ihrer hohen Kompetenz gefragt.

Hoffmanns Fähigkeiten finden in Zermatt Verwendung. Vom dortigen Bahnhof werden sie mit einer Kutsche abgeholt und ins Hotel gebracht. Direktor Jules Zunegga, der Inhaber des Hotels Hörnli-Palace, empfängt seine neuen Gäste persönlich an der Tür. »Grüezi wohl. Ich habe mir erlaubt, für Sie und Ihre Frau unsere Hörnli-Suite zu reservieren, mit fantastischem Ausblick auf das Matterhorn. Für Ihre beiden Kinder haben wir jeweils ein schönes Einzelzimmer mit Balkon vorgesehen. Wenn es Ihnen recht ist, würde ich Ihnen gerne, nachdem Sie sich frisch gemacht haben, unsere Küchenchefin Eleine Custer vorstellen.«

Am nächsten Morgen beratschlagen Hoffmanns im Frühstückssalon, ob sie ihre Kinder zur Schule ins renommierte Lyceum Alpinum nach Zuoz im Engadin schicken sollen. Direktor Zunegga hat einen anderen Vorschlag zu machen: »Wir haben hier in Zermatt eine Reihe angesehener Professoren aller Fachrichtungen und weitere hoch qualifizierte Dozenten, die in ihrer Heimat wegen ihrer großen Kompetenz nicht mehr unterrichten dürfen. Die Konferenzräume der umliegenden Hotels haben wir für vollwertigen Schulbetrieb eingerichtet. Ihre Kinder können gerne täglich an diesem Unterricht teilnehmen. Bessere Lehrkräfte finden Sie derzeit in ganz Europa nicht. Es ist außerdem alles völlig kostenfrei.«

Während seine Frau die alltäglichen Abläufe organisiert sowie eine Weiterbildung zur Bergführerin begonnen hat und seine Kinder das dargebotene Unterrichtsprogramm nutzen, baut Hoffmann mit einem Schweizer Partner einen neuen Betrieb auf.

Durch die Nachrichten seiner ehemaligen Assistentin Gertrud sind die Exilanten im Hörnli-Palace stets auf dem Laufenden, was in der fernen Heimat vor sich geht.

Nach ihrem Wahlsieg ergreift die sozialistisch-ökologische Bewegung der Leninistischen Partei-Genossen zahlreiche Zwangsmaßnahmen. Die Bevölkerung wird angewiesen, in jedem Haushalt auf eigene Kosten Wassersparschalter einzubauen. Einziger Lieferant ist ein der LPG nahestehender verstaatlichter Betrieb eines Parteigenossen. Durch den so verringerten Wasserdurchfluss bildet sich in den Rohren allerdings rasch schweflige Säure und durch die Korrosion wird das Rohrnetz umfassend zerstört. Die vier großen Stromkonzerne werden enteignet und das Stromnetz wird nun von einer Staatsholding geleitet, der ein Politbüromitglied vorsteht. Durch die Abschaltung der Atom- und Braunkohlekraftwerke bricht die Grundlast-Versorgung sofort zusammen. Es kommt zu lang anhaltenden Stromausfällen, die sich zudem verheerend auf die produzierende Industrie auswirken. Gigantische Waldflächen werden abgeholzt, um Tausende von Windkraftanlagen zu errichten, deren Rotoren sich jedoch kaum drehen. Durch die Vorschrift, dem Benzin fünfzig Prozent Ethanol beizumischen, werden mehrere Millionen Automotoren zerstört. Verlassene, durch Plünderer ausgeschlachtete und mit Graffiti verschmierte Fahrzeugwracks säumen über Tausende Kilometer die Haupt- und Nebenstraßen in Deutschland.

Durch die Vorschrift, statt normalem Diesel ausschließlich aus Raps erzeugten »Bio«-Diesel zu tanken, schnellt die Zahl der Lungenkrebserkrankungen innerhalb eines einzigen Monats auf das Elffache hoch. Auch die Einführung einer 100%igen Erbschaftsteuer sowie der Einheitsschule finden so gar nicht den erhofften Anklang. Weitere Hunderttausende gut qualifizierte Menschen wandern in das umliegende Ausland ab.

Das Politbüro ist über diese Entwicklung besorgt und entscheidet daher, die Bundesrepublik komplett einzuzäunen. Seltsamerweise schenkt dem Politbürovorsitzenden Gregorski niemand Glauben, als er bei einer, im Fernsehen übertragenen, Rede verkündet: »Niemand hat die Absicht, einen Zaun zu errichten.« Die Kameraleute brechen in schallendes Gelächter aus. »Oh, den kannten Sie wohl schon.«

Hoffmann erfährt von Gertrud auch, wie es um seinen alten Betrieb steht. Der neue Geschäftsführer Kröther hat die Belegschaft stark ausgeweitet und dafür die Arbeitszeiten drastisch beschränkt. Zahlreiche Freunde, die Kröther aus der Lokalpolitik und der Gewerkschaftsszene kennt, haben bei den Hoffmann-Werken nun Unterschlupf gefunden. Alle Arbeiter und Angestellten haben eine Zwanzig-Stunden-Woche und freitags mittags findet das allwöchentliche, zünftige Hummeressen statt.

Die von nun an produzierten Teile entsprechen leider bald nicht mehr der gewohnten Qualität und selbst nachsichtigste Stammkunden beginnen zu murren. Zudem erreicht der Mengenausstoß selbst bei fünfmal höherer Personalstärke nur noch knapp zehn Prozent der Vorjahresproduktion. Zur Lösung der Probleme werden unter Vorsitz von Bea Loetsch-Kopp mehrere Arbeitskreise und paritätisch besetzte Ausschüsse gebildet. Zudem werden ein zusätzlicher Verwaltungsbeirat, eine Ethikkommission und ein Lenkungsausschuss ins Leben gerufen, der die Arbeit der zahlreichen Gremien koordiniert. An gewerkschaftsnahe Stiftungen werden mehrere Beratungsaufträge vergeben. Doch vergebens, die Krise nimmt immer bedrohlichere Ausmaße an.

Dem Inhaber der amerikanischen Heavy Metal Corporation in Detroit, dem ältesten und wichtigsten Kunden der Hoffmann-Werke, platzt indessen der Kragen und er erscheint unangekündigt zu einem Überraschungsbesuch im Leipziger Werk. Kröther sitzt gerade hinter Dr. Hoffmanns ehemaligem Schreibtisch und nimmt eine kleine Stärkung zu sich. Der Amerikaner kommt gleich zur Sache: »Sie sind also jetzt der neue Betriebsleiter, wie? Verstehe. Mit Herrn Dr. Hoffmann habe ich bereits seit zwanzig Jahren zusammengearbeitet, nie gab es irgendwelche Probleme. Jetzt stimmen weder das Material noch die Mengen, noch die Maße, von der Verarbeitungsqualität ganz zu schweigen.«

Der Amerikaner zieht einen Stuhl heran und setzt sich Kröther gegenüber an dessen Schreibtisch. »Die neuen Teile, die wir angefragt haben, würden Sie die eher im Schleuder- oder im Stranggussverfahren herstellen?« »Die Frage kann ich Ihnen leider nicht beantworten, ich bin nur für übergeordnete Themen zuständig.« Kröther drückt eine Taste seiner Gegensprechanlage. »Gertrud, rufst du bitte unseren Produktionsleiter in mein Büro?« Einige Minuten später tritt Werner Weberknecht ein und stellt sich als neuer Produktionsleiter vor. Der Amerikaner wird langsam ungemütlich. »Ist der alte Hildebrandt nicht mehr bei Ihnen tätig? Ich kenne ihn schon lange, seit er hier als wackerer Geselle die Produktion aufbaute.« Kröthers Kopf glüht inzwischen wie eine Bessemer-Birne. »Ich habe genug gesehen«, poltert der Amerikaner, »Sie haben sicher noch einiges zu nieten. Die hier«, er steckt seine Visitenkarte wieder ein, »behalte ich besser. Ich wünsche Ihnen noch einen schönen Tag.«

Der Verlust der meisten Kunden ficht Kröther nicht weiter an. Mit jedem Fehlschlag wird er im Parteikader weiter nach oben befördert. Bald ist Kröther Mitglied des Politbüros und wird zum Beauftragten für den Fünfjahresplan ernannt. »Was mache ich auf diesem Posten?«, fragt er seine Politbürogenossen. »Das, was du am besten kannst, Karl-Heinz«, erwidert Andrea Andorra, die für Polit-Agitation verantwortlich ist. »Und was wäre das, Andrea?« »Nichts, Karl-Heinz«, antwortet sie ungerührt. »Da, wo fachliche Inkompetenz, Sozialneid und Leistungsverweigerung auf ideologische Verbohrtheit treffen, da ist unser Platz im Koordinatensystem der Wertegemeinschaft«, führt sie dozierend aus. »Den macht uns kein anderer streitig.«

Um eines machen sich die Politkader jedoch Sorgen: die Streitkräfte. Diese wollen sich so gar nicht auf das neue Regime einschwören lassen. Bei sich zuspitzender Krise könnte das Politbüro Gefahr laufen, von der Armee abgesetzt zu werden. Am Ende drohen wieder demokratische Verhältnisse, ein Albtraum für die Genossen. Also wird das Militär neutralisiert, indem alle Kampfverbände ins Ausland verlegt werden. »Wir verteidigen auch den vor dem Sozialismus kuschenden Hindu«, nuschelt der zuständige Funktionär, der damals seinen Wehrdienst durch ein Praktikum bei einer Gewerkschaftseinrichtung umgangen hatte und gar nicht so genau weiß, wo die Einsatzorte sich eigentlich alle befinden.

Es hilft jedoch alles nichts. Der verschwenderischen Ausweitung des Staatshaushalts bei gleichzeitigem Wegfall der früher vom Mittelstand erarbeiteten Steuereinnahmen folgt unweigerlich der Staatsbankrott. Der Zusammenbruch ist vollständig und die LPG wird vom Volk abgesetzt. Sogleich ergeht ein Hilferuf an die im Exil befindlichen Mittelständler, doch bitte wieder zurück in die Heimat zu kommen.

Nach intensiven Beratungen der Exilanten in der Schweiz wird die Entscheidung zur Rückkehr getroffen. Per Flugzeug, Bus, Bahn und Pkw strömen die deutschen Mittelständler nun, knapp ein Jahr nach dem Wahlsieg der LPG, zurück in ihre Heimat.

Auch Hoffmanns haben am Bahnhof von Zermatt den Zug bestiegen, der nun bei Basel über die Grenze und weiter durch die nächtliche Republik rollt. An jedem Bahnhof steigen einige Mittelständler aus. Hoffmanns verlassen in Leipzig Hauptbahnhof den Zug. Zerlumpte Menschen lungern bettelnd auf dem ungepflegten Bahnhofsgelände herum. Hoffmanns passieren gerade eine Gestalt, die sich die Hände an einem brennenden, leeren Ölfass wärmt. »Seht mal«, sagt Dr. Hoffmann zu seiner Familie, »da ist der ehemalige Arbeitsdirektor der städtischen Verkehrsbetriebe.«

Zu Hause angekommen, betrachten sie das Chaos, das sich ihnen bietet. »Hier haben wir eine Menge Arbeit vor uns, krempeln wir also die Ärmel hoch. Ich fahre morgen in mein ehemaliges Büro und stelle fest, ob von meiner alten Firma noch etwas zu retten ist.«

Dr. Hoffmann ist nicht überrascht, am nächsten Morgen auf dem Werksgelände seinen früheren Produktionsleiter anzutreffen, der ihn dort bereits erwartet. »Mein lieber Hildebrandt, ich wusste, dass ich mich auf Sie verlassen kann.« »Natürlich, Chef, Solidarität ist schließlich keine Einbahnstraße«, wehrt der alte Werkmeister bescheiden ab. »Solange ich weg bin, kümmert sich meine Frau um unsere Finca auf Teneriffa. Endlich hat dieser sozialistische Spuk ein Ende, jetzt haben wir bis zur nächsten Generation von Dummköpfen erst mal wieder zwanzig Jahre unseren Frieden.«

Karl-Heinz Kröther wird, wie alle anderen Mitglieder des Politbüros, zu lebenslänglicher Haft mit anschließender Sicherungsverwahrung verurteilt. Tausende von Mitläufern werden zur Rechenschaft gezogen, doch nur bei wenigen scheint eine Wiedereingliederung in die demokratische Gesellschaft durchführbar. Die neue und grundlegend reformierte Regierung handelt deshalb mit Kuba, Albanien und Nordkorea ein Abkommen aus, welches den Unbelehrbaren die Ausreise in diese Staaten ermöglicht. Unter ihnen sind auch van Dommen und van Geesteren. Werner Weberknecht lässt sich umschulen und nimmt eine Stelle bei der Anti-Doping-Agentur an.

Bea Loetsch-Kopp, die ein Jahr zuvor mit einem Scheinasylanten eine Scheinehe eingegangen ist, wird von diesem im Streit um gefälschte Pässe erschossen. Ihre Leiche fischen kurz darauf Arbeiter der unteren Wasserbehörde bei Reinigungsarbeiten aus dem Berliner Landwehrkanal. Missbilligend schüttelt einer der Arbeiter den Kopf: »Skandalös ist das.« »Du sagst es«, pflichtet sein Kollege ihm bei. »Muss das sein? Mitten im Laichgebiet des vom Aussterben bedrohten gestreiften Spreewald-Laubfroschs.« Der 52-jährige geständige Ehemann wird, nachdem er zugesichert hat, an einem Anti-Aggressionstraining teilzunehmen, von der Polizei seinen Eltern übergeben. Zusätzlich bekommt er eine Geldstrafe in Höhe von 500 Euro wegen Verstoßes gegen die Flora-Fauna-Habitat-Richtlinie aufgebrummt.

Hoffmann hat zwischenzeitlich seinen alten Leipziger Betrieb wieder auf Vordermann gebracht. Seine Anteile an der im Zermatter Exil gegründeten Firma hat er bereits an seinen ehemaligen schweizerischen Mitgesellschafter veräußert. Den Erlös investiert er nun in den Wiederaufbau.

Voller Optimismus ist Hoffmann in diesem Jahr wieder mit einem eigenen Stand auf der internationalen

Metall-Fachmesse in Berlin vertreten. Er schlendert an den Messeständen anderer Metallverarbeiter vorbei, um sich einen Überblick über die Konkurrenz zu verschaffen. An dem Stand einer chinesischen Firma entdeckt er Kopien von allen seiner eigenen Produkte. Er tritt näher und begutachtet die Plagiate. Währenddessen geraten zwei Chinesen im Hintergrund dieses Stands in Streit. »*Mehl muss hel! Mindestens zehn Plozent mehl Lohn!*«, fordert ein korpulenter Chinese energisch von seinem Landsmann, offensichtlich dem Inhaber. Hoffmann versteht sofort, was da vor sich geht, und beginnt schallend zu lachen. »Walum lacht die deutsche Langnase?«, erkundigt sich fassungslos ein Mitarbeiter der chinesischen Firma. Hoffmann lacht, dass ihm die Tränen kommen: »Sie haben«, prustet er, »nicht nur sämtliche meiner Produkte abgekupfert, sondern auch meinen ehemaligen Betriebsrat gleich mit kopiert! Oder soll ich lieber sagen: Obel-Betliebslat? – Ich wünsche Ihnen viel Vergnügen!«, ruft er den Chinesen noch zu und verlässt brüllend vor Lachen den Stand. Sein Gelächter erfüllt die ganze Messehalle und bricht sich in Echos unter der Decke.

16

Der Photograph

Charles Baldwin ist ratlos, das ist ihm ja noch nie passiert. »Ich habe im Moment keinen richtigen Ansatzpunkt, Chef«, hat er heute Morgen seinem Chefredakteur seufzend gestehen müssen. Der hat nachdenklich an seinen Hosenträgern herumgezurrt. »Ach was, Charly, das geht schon vorbei, kleine Schaffenskrise, hatte ich auch schon. Vielleicht hätte ich hier sogar was für dich. Da gibt es eine kleine Photoagentur, die scheint mir recht interessant zu sein.« »Aha«, Baldwin ist nicht eben begeistert. Sein Chef fährt fort: »Das sind Spezialisten für Photos von Naturkatastrophen und seltenen Ereignissen. Die haben ein unglaublich gutes Timing und sind jedes Mal vor Ort, wenn etwas Außergewöhnliches passiert. Hier, nimm.« Der Chefredakteur drückt ihm das dicke Dossier in die Hand. »Das wird dich mal wieder auf andere Gedanken bringen. Wer weiß, vielleicht steckt sogar eine interessante Story dahinter.«

Baldwin nimmt die Mappe, bedankt sich für den Beistand seines Chefs, holt sich einen riesigen Becher Kaffee aus dem nie versiegenden Automaten im Flur und trottet in sein Büro zurück. Nachdenklich sieht er sich die schwarz-weißen Photos an: 27. August 1883, Ausbruch des Krakatau, einer Vulkaninsel, die damals noch zu Niederländisch-Indien gehörte. Fast die gesamte Insel wurde seinerzeit zerstört. Ein weiteres Photo zeigt eine *Freak*

Wave, eine Monsterwelle, die im Februar 1926 die RMS Olympic im Atlantik schwer beschädigte. Unter anderem wurden vier Brückenfenster in 24 Meter Höhe vom Wasser zerschlagen. Der pyroklastische Strom, der am 12. Juni 1991 nach dem Ausbruch des Pinatubo auf der Insel Luzon weiträumige Flächen vernichtete, ist zu sehen. Dann gibt es ein Bild von dem Hafen von Kobe während des verheerenden Hanshin-Erdbebens im Jahre 1995. Baldwin ist beeindruckt. »Die müssen ja ein riesiges Netzwerk haben, um immer rechtzeitig an Ort und Stelle zu sein«, murmelt er vor sich hin. Und immer war der Standort der Kamera exzellent gewählt.

Baldwin stellt einige Recherchen an und findet auch tatsächlich die Telefonnummer eines *Wilhelm von Neumann, Photograph*, jedoch ohne eine Adresse. »Wer nicht wagt, der nicht gewinnt«, ermuntert er sich selbst und wählt die Nummer. »Neumann«, meldet sich eine alterslose, freundliche Stimme am anderen Ende. »Guten Tag, Herr von Neumann, mein Name ist Baldwin, Charles Baldwin. Ich bin Reporter beim National Observer und arbeite gerade an einer Story über bedeutende Naturkatastrophen. Dabei stieß ich auf Ihre Photos.« Wilhelm von Neumann lacht: »Ja, ich bin ganz zufrieden. Wenn Sie meine Arbeit interessiert, können wir uns gerne treffen. Ich bin im Moment an der Westküste, in San Francisco.« Baldwin hat sich schon den Flugplan von Domestic Air America geschnappt. »Morgen früh um 09.00 Uhr geht ein Flug von Washington D. C. nach San Francisco. Ich könnte am Nachmittag bei Ihnen sein.« »Abgemacht.« Neumann gibt ihm seine Büroadresse.

Baldwin trifft zum vereinbarten Zeitpunkt ein und lässt sich von einem Taxi in die Innenstadt fahren. Von Neumann trägt einen dreiteiligen Anzug alten Stils in einer Qualität, die man heute nur noch selten findet. Freundlich blinzelt er über sein Monokel. »Neumann, angenehm, willkommen, Herr Baldwin.« »Ebenfalls, sehr erfreut, nennen Sie mich Charly.«

Baldwin sieht sich in von Neumanns Büro um. »Es ist nicht perfekt aufgeräumt«, entschuldigt von Neumann sich. »Ich bin ständig unterwegs, das bringt meine Arbeit leider mit sich.«

»Was ist das für ein vorsintflutliches Telefon?«, erkundigt sich Baldwin erstaunt und deutet auf den Schreibtisch. »Haben Sie kein Handy?« »Nein«, erwidert von Neumann, »einen tragbaren Fernsprecher benötige ich im Allgemeinen nicht. Das hier ist übrigens das erste Telefon der Welt.« »Von Alexander Graham Bell?« »Äh, nein. Genau genommen war es Philipp Reis, ein Landsmann von mir, der 1860 das Telefon erfand. Aber da irrt man sich gern.«

»Was hängt denn hier für ein Photo an der Wand: *Z4 – erster kommerzieller Computer der Welt*? Ich dachte, das war der UNIVAC?« Baldwin staunt Bauklötze. Von Neumann erklärt: »Der Z4 wurde von Konrad Zuse konstruiert und war bereits 1941 in großen Teilen fertig. Das Photo entstand 1949 an der ETH Zürich, wo Zuse ihn erstmals installierte. Übrigens hat Zuse auch die erste Programmiersprache der Welt entwickelt.« Baldwin klingt ein wenig sarkastisch: »Ich nehme an, das ist auch einer Ihrer Landsleute.« Von Neumann lächelt nur nachsichtig.

»Aber kommen wir zu dem Grund Ihres Besuchs«, sagt von Neumann, »wir wollten über das Photographieren sprechen.« Baldwin erkundigt sich: »Was für eine Kamera benutzen Sie für Ihre Arbeit? Nikon? Konica? Eine digitale Spiegelreflex?« Von Neumanns Antwort überrascht ihn kaum noch: »Nichts von alledem. Hier, schauen Sie!« Er zieht den Vorhang von einer Nische weg. »Eine Voigtländer von 1841, mit dem Objektiv von Josef Petzval von 1840. Damit arbeite ich schon eine ganze Weile und mit der Qualität der Bilder bin ich überaus zufrieden.«

»Wie viele Photographen arbeiten eigentlich weltweit für Sie?« Von Neumann antwortet: »Ich mache grundsätzlich alle Photos selber, bin dauernd unterwegs und habe viel Zeit.« Baldwin beschleicht langsam ein unheimliches Gefühl. Dieser von Neumann scheint tatsächlich *sehr* viel Zeit zu haben, denn zwischen dem ersten und dem letzten Photo, das er in seiner Mappe gesehen hat, liegen weit über 100 Jahre, das ist doch unmöglich. *Unmöglich!*

»Ich habe für uns einen Besuch bei einem alten Freund von mir arrangiert. Wir treffen uns an seinem Arbeitsplatz.« »Ist es weit von hier?«, erkundigt sich Baldwin. »Ja, wir werden eine Weile unterwegs sein. Haben Sie Zeit mitgebracht, Charly?« »Mein Chef hat mir für die Story eine Woche Zeit gegeben. In meiner Branche ist das eine halbe Ewigkeit. Wie steht's bei Ihnen?« »Oh, Zeit spielt bei mir überhaupt keine Rolle. Sie sind im Plaza abgestiegen, nicht? Ich hole Sie morgen früh in Ihrem Hotel ab, sagen wir, um 8.00 Uhr?« Baldwin nickt zustimmend. »Bis morgen.«

Wie vereinbart steht von Neumann mit seinem Horch

470 Cabriolet pünktlich vor der Auffahrt des Plaza. »Hier, nehmen Sie«, sagt er und reicht Baldwin eine Herrenfahrermütze nebst Brille. Baldwins Gepäck findet noch Platz neben der Photoausrüstung, die irgendwie kunstvoll auf dem Rücksitz verstaut ist. »Baujahr 1931«, sagt von Neumann unvermittelt, »ich ahnte, dass Sie mich danach fragen wollten.« Baldwin brummt Undefinierbares vor sich hin.

Ihre Fahrt führt sie zu einem abgelegenen Industriegebiet, das direkt an den Flughafen der Stadt angrenzt. Gebäude mit beeindruckenden Ausmaßen erstrecken sich über mehrere Quadratkilometer. An einem Schlagbaum halten sie kurz an, werden von dem freundlichen Pförtner aber direkt durchgewunken, als dieser von Neumann erkennt. »Ganz schön weitläufig, die Anlage«, staunt der Amerikaner. »Das ist eine Tochtergesellschaft der Newman Industries. Wir sind schon recht lange hier in den Staaten geschäftlich engagiert.« Von Neumann steuert den Horch durch ein kleines Seitentor, das sie in das Innere eines riesigen Flugzeughangars führt. »Hier entlang, Charly, meine Leute kümmern sich um das Gepäck.« Sie durchqueren die Halle und stehen nun vor einer massiven Metalltür.

Baldwin stellt sich davor und blockiert sie. »Lassen Sie mich raten, was hinter dieser Türe auf uns wartet.« Von Neumann ist amüsiert. »Also?« »Nach alldem, Herr von Neumann, was Sie mir bisher erzählt haben, kann in diesem Hangar nur eine Junkers Ju-52 auf uns warten, stimmt's?« »Falsch geraten.« »Noch besser: Ein Wasserflugzeug von Dornier?« »Nein.« »Ich hab's: Es ist eine Messerschmitt Me-262, vermutlich die Maschine, die für Udet vorgesehen war?« Von Neumann schiebt Baldwin sachte zur Seite.

»Von Messerschmitt besitze ich nur einen Kabinenroller. Aber Sie sind ein Kenner, das muss ich Ihnen lassen. Es ist noch besser, schauen Sie.«

Beide treten nacheinander durch die Türe. Baldwin kann es nicht fassen. »Du meine Güte, ist das ein Nachbau der Hindenburg?« »Nein«, erwidert von Neumann, »das ist die *Reichskanzler Otto von Bismarck.* Unsere Ingenieure halten sie auf dem aktuellen Stand der Technik: Oberflächenbeschichtung mit Nanotechnologie sowie Solarzellenfolie. Zudem verwenden wir nur Heißluft, die über ein kompliziertes System von Brennstoffzellen permanent auf Temperatur gehalten wird. Wir haben auch, zusammen mit Minebea in Japan, einige neue Patente für die Kugellager des Antriebs entwickelt.« »Mein Gott!« Baldwin ist von dem Anblick, der sich ihm bietet, überwältigt. »Schön, nicht, Charly? Die *Reichskanzler Otto von Bismarck* ist mit rund 295 Metern Gesamtlänge bei knapp 350 Tonnen Gewicht etwas größer als die Hindenburg.« Von Neumann freut sich über die gelungene Überraschung. »Die Mannschaft sieht aus, als wäre sie auch noch aus Bismarcks Tagen«, bemerkt Baldwin belustigt, als er die Crew in ihren blau-weißen Anzügen erblickt. Von Neumann lächelt merkwürdig. »Was Sie nicht sagen.« Baldwin überkommt ein leises Frösteln.

Unterdessen hat sich unauffällig der Sicherheitschef genähert und bittet Charly, alle elektronischen Geräte abzugeben. »Aus Sicherheitsgründen, Mister Baldwin, wir haben öfters Probleme mit Industriespionage. Ich verwahre Ihre Geräte für Sie hier im Tresor, da kann nichts passieren.« Baldwin holt eine Videokamera aus dem Schulterhalfter und zieht sein Handy aus der Gürteltasche. »Bitte sehr, Hieb- und Stichwaffen führe ich allerdings keine mit mir.« Der Sicherheitschef nimmt beides entgegen. »Was ist mit der kleinen Ersatzkamera, die Ihren linken Hosenschlag so komisch ausbeult? Sicher haben Sie auch noch ein Diktiergerät in Ihrem rechten Absatz.« »Ist ja gut«, mault der Amerikaner und holt die angemahnten Geräte hervor, »nehmen Sie es nicht persönlich, schließlich bin ich Reporter.« »Neulich hatte sich ein Agent bei uns als falscher Gast eingeschlichen«, berichtet der Sicherheitschef, »aber wir haben ihn kurz nach dem Abflug gerade noch rechtzeitig enttarnt.« »Was haben Sie mit ihm gemacht?« Der Sicherheitschef schmunzelt. »Wir haben ihn wieder abgesetzt.« »Aus welcher Höhe?« »Nun, Mister Baldwin, für ein Schleudertrauma wird es gereicht haben. Lassen Sie es mich einmal so formulieren: Das Wasser ist nicht so weich, wie es von oben manchmal den Anschein hat.«

Von Neumann drängt zum Aufbruch: »Kommen Sie, Charly, hier entlang, es ist alles an Bord, was das Reisen angenehm macht.« Sie besteigen die rund vierzig Meter lange Gondel des Zeppelins über eine Gangway. Von Neumann gibt dem Kapitän ein Zeichen, dass sie startklar seien. Über ihnen öffnet eine mächtige Hydraulik lautlos die gewaltige Hallenkuppel und gibt einen makellos blauen Himmel frei. Das Bodenpersonal löst die Haltetaue und die *Reichskanzler Otto von Bismarck* schwebt langsam nach oben aus dem Hangar. Der Kapitän schlägt Kurs West ein. Beide genießen die herrliche Aussicht durch die Panoramascheiben des Salons. »Wie hieß es in Amerika früher so schön: Go

west, young man.« »Wohin geht unsere Reise eigentlich?«
»Zu den Palau-Inseln, Mikronesien.«

Eine der beiden mitreisenden Stewardessen zeigt dem
Amerikaner seine Unterkunft. »Mister Baldwin, wir haben
vier Gästekabinen an Bord, die alle nach bekannten Clip-
pern benannt sind: *Padua*, *Pamir*, *Passat* und – das ist Ihre
Kabine – *Priwall*. Herr von Neumann bewohnt die *Gorch-
Fock-Suite*, die Eignerkabine, sie ist im Heck der Gondel
untergebracht. Bitte sehr, Ihr Gepäck ist bereits verstaut.«
Baldwin ist angenehm überrascht über die gediegene Aus-
stattung. Mahagoni und Messing sind die vorherrschenden
Materialien, ergänzt durch Textilien in mittlerem Blau mit
maritimen Motiven. Durch eine kleine Tür gelangt er in
sein geräumiges Bad. Überhaupt ist das gesamte Luftschiff
wie eine exklusive Luxusyacht ausgestattet.

Nachdem der Amerikaner sich frisch gemacht hat, zeigt
von Neumann ihm die weiteren Räumlichkeiten. »Das hier
ist die Bibliothek, ideal eingerichtet zum Schmökern.« Baldwin staunt über die Sammlung von Weltliteratur. »Haben
Sie auch Bücher amerikanischer Schriftsteller?«, erkundigt
er sich bei seinem Gastgeber. »Natürlich, Charly, ich lese
sogar gerade zwei Bestseller gleichzeitig.« Er umrundet den
Lesetisch und zeigt Baldwin die Werke. »Hier: *Im Munde
verdreht – Geständnisse eines New Yorker Anwalts*. Das zweite
ist noch besser: *Die alte Pann' und der Bär – Der letzte
Digger vom Klondyke*.« Der Amerikaner ist enttäuscht. »Das
ist doch bloß Populärliteratur, haben Sie nichts Anspruchs-
volleres?« Von Neumann beschwichtigt: »Melville, Cooper,
L. Frank Baum, Jack London und Upton Sinclair sind in
meiner Sammlung selbstverständlich auch vertreten.«

Sie begeben sich von der Bibliothek in den Salon. Direkt vor dem letzten der acht Backbord-Panoramafenster auf der rechten Seite steht von Neumanns prächtiger Schreibtisch aus fein gemasertem Wurzelholz. »Das ist ein Unikat, von Franz-Xaver Miederbeier. An diesem Tisch habe ich so manche Phrase schon gedrechselt.«

Baldwin kommt aus dem Staunen nicht heraus. Von der linken Kopfwand blickt ein gutes Dutzend seriöser Herren, gekleidet nach der jeweiligen Epoche, in Rüstungen, mit weißen Kragen oder in Hermelinmänteln ernst aus schweren, goldenen Rahmen. »Ihre Ahnen, Herr von Neumann?« »Ja, so kann man wohl sagen.« Baldwin wandert, jedes aufmerksam betrachtend, von Bild zu Bild. »Frappierend, diese Ähnlichkeit. Das ist ja seltsam, die haben alle an der gleichen Stelle über dem linken Auge eine kleine Narbe.« Baldwin zögert und dreht sich zu von Neumann um. »So wie Sie.« »Kurios, nicht wahr, Charly? Ich vermute, der jeweilige Maler wollte hier eine stilistische Kontinuität wahren.« Eine unsichtbare Glocke schlägt zweimal kurz an. »Unser Essen ist fertig, ich glaube, es gibt heute Abend Wildschweinfilet. Kommen Sie, Charly, trinken wir ein Glas köstlichen Riesling Eiswein als Aperitif. Ich habe erst letzten Monat eine Lieferung aus Bernkastel-Kues geschickt bekommen.«

Sie unterhalten sich noch lange angeregt. Aus dem Grammophon im Salon klingt Beethovens *Ode an die Freude* in die Nacht hinaus, während der Zeppelin in etwa 200 Meter Höhe über dem Pazifik dahingleitet. Vom Mondschein in fahles Licht getaucht, schimmert das sonst tiefschwarze Meer wie flüssiges Silber.

Die Zeit vergeht wie im Fluge. Drei Tage sind sie nun bereits unterwegs. Vor einigen Stunden haben sie die Lagune von Truk passiert und halten weiter Kurs Nordnordwest auf die Palau-Inseln. Gegen Mittag stehen von Neumann und Baldwin im Salon. »Wir sind fast am Ziel, Charly. Ich muss mit dem Kapitän noch einige Vorbereitungen besprechen und bin gleich wieder da.« Charly zieht sich einen der bequemen Sessel näher an das Fenster heran und lässt sich in die einladend weich aufgeschlagenen Kissen sinken. »Ich werde mich unterdessen als Ausguck betätigen«, murmelt er. Der Amerikaner beobachtet eine Weile den Horizont und wird plötzlich sehr müde.

Er muss einen Augenblick eingenickt sein, jedenfalls schreckt ihn das Geräusch einer Schiffssirene auf. Rasch blickt er aus dem Fenster. Da! Direkt voraus sind Rauchfahnen erkennbar, denen sie sich rasch nähern. Baldwin kann vier Schiffe unterschiedlicher Bauart auseinanderhalten. Seltsam, das sind Kriegsschiffe alten Typs, denkt er. Dichter Qualm quillt aus den vier Schornsteinen des vorneweg durch den Ozean pflügenden Führungsschiffs. Die Schiffe passieren sie an Steuerbord querab in etwa zweihundert Meter Entfernung. Baldwin erkennt am Bug und am Heck des schweren Kreuzers jeweils einen Geschützturm mit zwei Kanonen. Direkt dahinter, in Kiellinie, folgt ein weiterer Kreuzer derselben Bauart, flankiert von zwei leichten Kreuzern mit jeweils drei Schornsteinen. Der Kapitän kommt soeben durch die Tür des Salons geeilt und drückt Baldwin eine Meldung in die Hand. »Maximilian Graf von Spee, Vizeadmiral an Bord der SMS Scharnhorst, sendet die besten vaterländischen Grüße an den Zeppelin Reichskanzler Otto von Bismarck«, liest der verblüffte Amerikaner. »Spee? Scharnhorst?« »Die Scharnhorst, Herr Baldwin!«, ruft der Kapitän des Luftschiffs aus, »Sie wissen schon: Das Flaggschiff des deutschen Ostasien-Geschwaders.« Baldwin drückt ihm die Meldung wieder in die Hand. »Senden Sie bitte unsere besten Wünsche zurück.« »Wird erledigt.« Der Kapitän tippt grüßend an die Mütze und verlässt den Salon wieder. Baldwin nimmt rasch seinen Notizblock zur Hand und wirft mit zittriger Hand die Umrisse der vorbeiziehenden Schiffe skizzenhaft auf das Papier. »Das glaubt einem doch kein Mensch«, sagt er ein ums andere Mal. »Wo steckt von Neumann eigentlich?«

Jemand rüttelt Baldwin an der Schulter: »Aufwachen, Charly, wir sind am Ziel. Du meine Güte, Sie haben ja wirklich tief geschlafen.« Charly kommt erst langsam wieder zu sich. »Sind die Schiffe noch in Sicht?« »Schiffe, Charly, welche Schiffe?« »Na, ich habe sie doch deutlich gesehen. Das deutsche Ostasien-Geschwader.« »Charly, diese Schiffe befuhren dieses Seegebiet zuletzt 1914 und liegen doch lange schon auf dem Grund des Südatlantiks bei den Falklandinseln, im Pazifik vor der Robinson-Crusoe-Insel sowie im Indischen Ozean bei den Cocos-Inseln.« »Aber ich habe sie gezeichnet, als wir sie überflogen haben«, beharrt Baldwin. »Hier«, er hebt seinen Notizblock vom Boden auf und drückt ihn von Neumann in die Hand. Der schaut auf den Block und runzelt die Stirn. »Hmm, Sie sind ein guter und schneller Zeichner, Charly. Mit etwas Phantasie kann ich hier tatsächlich etwas erkennen. Da ist die SMS Scharnhorst, dahinter die SMS Gneisenau, beides schwere

Kreuzer. Das da sind die zwei leichten Kreuzer SMS Nürnberg und die SMS Emden. Donnerwetter, da haben Sie tatsächlich einiges zu Papier gebracht. Ihr Traum muss ja äußerst realistisch gewesen sein.«

Plötzlich zeigt von Neumann aus dem Fenster. »Unser Reiseziel liegt vor uns, Charly, schauen Sie.« Der Kapitän hat bereits Umkehrschub gegeben und das Luftschiff kommt langsam zum Stillstand. Unter ihnen liegt ein etwa 150 Meter langes Forschungsschiff, an dessen Heck eine große Flagge mit einer stilisierten aufgehenden Sonne flattert. »Kommen Sie, Charly, wenn wir direkt über dem Hubschrauberdeck sind, werden wir abgesetzt.« Von Neumann und sein Gast begeben sich zur Mitte der Gondel und betreten durch eine Glastüre eine Art Lift. Als die Türe gesichert ist, werden sie langsam auf das Deck herabgelassen. »Hoffentlich funktionieren die Sicherungen. Gut, dass der Wind abgeflaut ist.« »Machen Sie sich keine Sorgen, Charly, das ist für uns nur ein Routinemanöver.« Nachdem der Korb sachte aufgesetzt hat, steigen die beiden aus.

Ein sonnengebräunter, lächelnder Japaner mit einem kurzen Bürstenhaarschnitt kommt ihnen entgegen und streckt die Hand aus. »Wilhelm-San, was für eine Freude. Willkommen auf der *Nippon Maru*.« »Toshi-San, ich freue mich auch, dich zu sehen, das ist ja eine Ewigkeit her.« Der gibt den Ball zurück. »War es nicht am 7. Dezember 1941?« Baldwin verzieht das Gesicht. »Das war nur Spaß«, wiegelt der Asiat ab. Von Neumann macht die beiden miteinander bekannt: »Toshi, das ist Charles Baldwin, Reporter beim National Observer in Washington. Charly, das ist Takeshi

Toshi Takeshima.« »Der berühmte Meeresbiologe?« »Oh, ich bin nur ein unbedeutender Forscher. Mein Großvater Shinnosuke war seinerzeit ein bekannter Mann.« »Aus dem Takeshima-*Zaibatsu*, Toshi?« »Ja, Sie kennen sich aus, Charly. Mein Großvater war damals Kommandierender General des XIV. Armeekorps. Er wurde 1943 bei einem Inspektionsflug von Rabaul nach Ponape abgeschossen. Drei Tage trieb er in seinem Rettungsfloß im Meer, bevor ihn die Besatzung eines unserer Kanonenboote aus dem Wasser zog. Aufgrund seiner Verletzungen musste er kurz darauf den Dienst quittieren. Nach dem Krieg verloren wir alle Besitzungen außer einem alten Kohlefrachter, der im Hafen von Batavia festlag. Mein Vater machte Jahre später den alten Kahn wieder flott und baute in der Nachkriegszeit eine bescheidene Reederei, die *Kiushu Steamship-Line*, auf.« »Bescheiden, Sie sind gut. Inzwischen ist das doch immerhin die zweitgrößte Reederei der Welt, wenn ich mich nicht irre?« »So ist es, Charly, nur die zweitgrößte, wir Takeshimas haben also noch ein gerüttelt Maß an Arbeit vor uns.«

Die Crew des Zeppelins hat inzwischen den Korb ein zweites Mal herabgelassen. Takeshimas Leute entladen das Gepäck und die Photoausrüstung. Während das Gepäck unter Deck in den Kabinen verstaut wird, nimmt von Neumann seine Kamera an sich. Der Zeppelin dreht unterdessen ab Richtung Jap-Inseln, um Frischwasser, Bananen, Bataten, Kokosnüsse und Kurkuma zu laden.

»Toshi, was machen deine Forschungen?«, erkundigt sich von Neumann. »Hast du den Architeuthis, den sagenhaften Riesenkalmar, endlich gefunden?« »Wir kommen gut voran, Wilhelm. Tatsächlich ist es uns gelungen, mit unserer Unterwasserkamera in 500 Meter Tiefe einen großen Kalmar aufs Bild zu bekommen. Wir arbeiten mit langen Unterwasserleinen, die bis 1 500 Meter in die Tiefe reichen. Alle 50 Meter haben wir einen Köder befestigt, einen kleinen Tintenfisch. Der Druck in den großen Tiefen macht uns am meisten zu schaffen. Außerdem haben wir nur das Licht unserer Scheinwerfer da unten. Das Meer ist hier fast 9 000 Meter tief, Richtung Japan- und Marianengraben geht es noch ein Stückchen tiefer. Nicht einmal der Tenno, Kaiser Akihito, weiß, was da unten noch alles herumschwimmt.« »Wie wär's mit Godzilla«, frotzelt der Amerikaner. Takeshima winkt ab: »Der ist bloß aus Plastik, damit kann man nicht mal mehr ein Kleinkind in Japan erschrecken, die schauen sich heute sowieso lieber Mangas an. Hier entlang«, bittet er seine Besucher und steigt eine Metalltreppe herab. Sein Schreibtisch ist auf dem offenen Deck unterhalb des Hubschrauberdecks aufgebaut.

»Ich arbeite gerne an der frischen Luft. Nehmt Platz.« Er klappt sein Notebook auf. »Hier, seht mal, es ist leider nur sehr schwer zu erkennen.« Takeshima zeigt den beiden die verschwommenen, unscharfen Aufnahmen. »Immerhin ein vielversprechender Anfang«, meint der Amerikaner, der seinen Schreibblock bereitlegt. Takeshima gibt Baldwin bereitwillig Auskunft über den Stand und die bisherigen Ergebnisse seiner Forschung. Geduldig beantwortet er Charlys Fragen. Nach vier Stunden hat der Reporter seinen Block bis auf die letzte Seite mit Notizen gefüllt. »Das ist ja eine kolossale Menge an Informationen. Damit fülle ich fast zwei ganze Seiten im National Observer, Ihr Einverständnis vorausgesetzt, Toshi.«

»Machen wir noch ein schönes Bild«, schlägt von Neumann vor, der zwischenzeitlich seine Voigtländer mit Blick auf das Heck aufgebaut hat. »Setzt euch doch bitte in die beiden Stühle dort an der Heckreling.« Von Neumann kontrolliert nochmals aufmerksam den Lichtmesser. Er macht nur eine Aufnahme. »Das wär's, alles im Kasten.« Baldwin hört plötzlich hinter sich ein lautes Klatschen von Wasser. »Was war das?« »Sicher nur eine Welle, die ans Heck geschlagen ist, nichts weiter«, meint Takeshima.

Am frühen Abend sitzen sie auf dem Oberdeck mittschiffs und genießen das exzellente Dinner, das Takeshimas Smutje bereitet hat: Hauchdünn geschnittenen Fugu, einige Teppanyaki und Filet vom Kobe-Rind. Am Horizont ziehen majestätische Wolkengebirge vorüber. »Während der Taifunsaison kann es hier ziemlich ungemütlich werden. Im Oktober 2004 konnten wir mit Mühe und Not dem Zyklon Tokage ausweichen«, berichtet Takeshima.

Am nächsten Morgen ist der Zeppelin wieder zur Stelle. Der Kapitän manövriert die Gondel direkt mittig über das Hubschrauberdeck der Nippon Maru. Der Lastkorb wird herabgelassen. Während sich von Neumann und Baldwin verabschieden, werden Gepäck und Photoausrüstung verladen. »Nochmals vielen Dank für alles, Toshi. Weiterhin viel Erfolg bei deiner Arbeit.« Auch Baldwin bedankt sich bei Takeshima für das Exklusivinterview. »Ich schicke Ihnen sofort nach Drucklegung ein Exemplar des Observer.« Der Korb wird mit den beiden in die Höhe gehievt. Sobald sie den Zeppelin wieder betreten haben, nimmt er

Fahrt auf und schlägt Kurs Ost ein. Sie winken Takeshima auf der Nippon Maru noch zu, bis er außer Sicht ist. »So, Charly, machen wir uns an die Arbeit. Sie können gerne die Bibliothek benutzen, da sind Sie ungestört. Ich werde einstweilen das Photo entwickeln.« Während von Neumann in seiner bordeigenen Dunkelkammer verschwindet, lässt sich der Amerikaner eine Schreibmaschine und neues Papier bringen und macht sich an die Arbeit.

Drei Tage später erreichen sie ohne Zwischenfälle San Francisco und landen im Hangar der Newman-Industries auf dem Flughafengelände. Baldwin hat einen brillanten Artikel in von ihm bisher unerreichter Qualität fertiggestellt. Von Neumann fährt ihn in einem VW Kübelwagen noch persönlich bis zum Gate von Domestic Air America. »Auf Wiedersehen, Charly. Es hat Spaß gemacht, mit Ihnen zu arbeiten.« Er reicht dem Amerikaner zum Abschied noch einen kunstvoll versiegelten, wattierten Umschlag. »Hier ist das Photo. Ich hoffe, damit können Sie Ihren Artikel angemessen illustrieren.« »Vielen Dank für alles, Herr von Neumann, das war eine überaus bemerkenswerte Reise.«

Baldwin fährt nach seiner Ankunft in Washington direkt in die Redaktion. Dort angekommen, öffnet er sofort vorsichtig den Umschlag mit dem Photo. Im Flugzeug waren ihm zu viele Leute, deshalb hat er seine Neugier bis jetzt gezügelt. Er entnimmt das Photo und betrachtet es. »Sorgfältige Arbeit, beste Schärfe, exzellente Kontraste, ein echter Profi«, lobt er. Plötzlich zuckt er zusammen. »Was ist denn *das*?« Er selbst und Toshi Takeshima sind im Vordergrund in den Stühlen sitzend zu sehen. Schaut man zwischen den beiden durch, ist dahinter ein Riesenkalmar zu erkennen, dessen Tentakel links und rechts nahezu das gesamte Heck der *Nippon Maru* umklammern. Seine Augen sind jeweils doppelt so groß wie die Köpfe der beiden Menschen. Dieser Riesenkalmar ist gut und gerne sechzehn Meter groß, mindestens, eine absolute Sensation. Deshalb hatte es dort hinter ihm geplätschert, wird ihm schlagartig klar. Baldwin eilt zu seinem Chefredakteur, der sich vor Freude einen Hosenträger einreißt. »Charly, wir machen morgen eine Sonderausgabe mit deinem Artikel. Ich werde sofort der Druckerei Bescheid geben, damit die Kollegen sämtliche Papiervorräte dafür bereitstellen.« Am nächsten Tag verkauft der Observer die höchste Auflage seit seiner Gründung: 25 Millionen Exemplare.

Einige Zeit später sitzt von Neumann im Salon seines Luftschiffs und faltet die aktuelle Ausgabe des National Observer zusammen. »Den Pulitzerpreis hat er dafür bekommen, bravo.« Ein feines Lächeln umspielt seine Lippen; er hat bereits Kurs auf das nächste Motiv genommen.

17

Der Star

Das Villenviertel der Stadt ist durch einen Zaun gesichert. Uniformierte patrouillieren regelmäßig und auch eine Reihe ziviler Angestellter läuft geschäftig umher. Wer hier wohnen darf, hat ein besonderes Auswahlverfahren über sich ergehen lassen müssen. Viele Ausländer sind zu sehen, es geht international zu, aber meistens bleibt man doch unter seinesgleichen.

Der Star sonnt sich auf seiner Terrasse. Gerade bringt ihm sein persönlicher Referent, der sich mit dem Manager der Anlage auch um die Öffentlichkeitsarbeit des Stars kümmert, das Essen. Der Service ist erstklassig und die Köche bereiten die Speisen so zu, wie die Gäste es aus ihrer Heimat gewohnt sind. Heute gibt es etwas Leichtes, einen Meeresfrüchtesalat. Das isst er gerne. Manchmal nimmt er auch Geflügel zu sich.

Neulich hatte ein Kritiker in der Zeitung geschrieben, er sehe bald aus wie der späte Elvis. Frechheit. Der Star ist beleidigt. Ob er den Kerl verklagen sollte? Aber solche Stimmen sind in der Minderheit. Sicher, mit der Zeit hat er etwas an Gewicht zugelegt. Die Mädels, stellt er zufrieden fest, kreischen aber immer noch, wenn er auf der Bühne steht, wenn auch nicht mehr ganz so laut wie früher.

Hier lässt es sich jedenfalls trefflich aushalten. Schon immer hat er hier gelebt, dies ist sein Refugium. Nie hätte er in Erwägung gezogen, wegzuziehen. Nachher will er noch eine Runde im Pool schwimmen gehen und am Abend ein leichtes Lauftraining absolvieren. In Dubai soll es eine neue Anlage geben, *The World*. Er scheut aber das heiße Wüstenklima, an das er sich nie gewöhnen könnte. Die Anlage, in der er logiert, ist auch sehr sicher, dafür sorgt schon das Wachpersonal. Vor einigen Monaten hat er einen Drohbrief erhalten, aber die Polizei konnte den Vorgang schnell wieder als erledigt zu den Akten legen.

Er blickt auf seine Arme und Beine. So richtig braun wird er eigentlich nie. Schade, Hauttyp zwei, denkt er. Die Afroamerikaner von gegenüber beneidet er manchmal um ihren schönen Teint. Sie sind vor Kurzem aus dem Norden der Vereinigten Staaten zugezogen. Mit den Nachbarn ist jedenfalls auszukommen.

Nur bei den Leuten, die das Anwesen mit dem riesigen Außenpool bewohnen, soll er sich nie blicken lassen. Das sei seinem Image abträglich, hat ihn sein Referent eindringlich gewarnt. Hochnäsige Leute sind das, laufen immer im Frack herum, denkt der junge Eisbär und beißt seinen Pfleger sanft in den Arm.

Hauptsache »H«

Horst hört hochfrequent Händel, Haydn, Hindemith. Hyundai herannaht Haupthaus, hupt. Horst humpelt hastig Hochparterre herunter. Hüfte! Hält höflich Haustür: »Hallo, hübsche Helene.«

Helenes Hand hinweist Hinkelstein: »Heimlicher, heimtückischer Hinterhalt. Hugo Hühnerhabicht hetzt hackend Herde hopsender holsteinischer Heidschnucken hinter Hecke.«
Horst: »Halt Halunke, Haft. Himmelherrgott, hole Halle Haflingerhengst ›Hohenlohe‹ herbei.«

Horst: »Herein, Helene, Hut?«
Hawaii-Hemden, Hosen hängen herum.
Helene: »Heißmangel?«
Horst: »Haushaltshilfe Hong Hanoi. Hatte Heimweh.«

Helene: »Habe Hunger. Halbes Hähnchen, Hammel, Hunsrück-Hase?«
Horst: »Hortete Hamsterkäufe. Hochwasser. Heute hatte hanseatisches Handelsschiff ›Hans Hass‹ Havarie Heulboje Heimathafen Hamburg. Habe Hunderte holländische Heringe, Helgoländer Hummer, Hammerhaie.«

Helene hadert: »Harter Holzhocker.«
Horst holt Humpen: »Henkell? Helles Hefeweizen? Heimersheimer Hochgewächs?«
Helene: »Hagebuttentee, Holunderhonig.«

Horst: »Heute Hörsäle Hochschule Hannover?«
Helene: »Heimatkunde: Hambach, Hainich, Hildesheim. Hernach Helden, Heimatdichter: Hermann Hesse, Heinrich Heine, Hölderlin. Hinterher Historisches: Habsburger, Hohenzollern, Hindenburg. Höhepunkt Hochleistung: Hockey, Hochsprung, Hürdenlauf, haufenweise Hanteln.«

Helene hustet heftig.
Horst: »Halsschmerzen, Heuschnupfen, Hanta?«
Helene: »Harmlos, Hausarzt hilft hurtig heilen.«

Herrschaftlicher Herold hält Honda hinter Hauptstraße:
»Hört! Hoheit Herzog Hans-Harald heiratet Herbst holde Hofdame Henriette.«
Horst: »Hotel Heiligendamm, Helikopter-Hangar Husum, Harvestehuder Heimstätten?«
Herold: »Hallig Hooge.«
Helene: »Hoffentlich hilft hartnäckige Hebamme Hedwig heraus.«
Hochwürden: »Hochzeit? Halleluja!«

Honorar? Hinweg!

Finish?

Eines denkwürdigen Sommertages sitzen eine ehemalige Kollegin von mir und ich auf der Zuschauertribüne im Düsseldorfer Rochus-Club. Wir sind Zeugen eines nervenzerfetzend langweiligen Grand-Slam-Turniers. Thomas Haas bekommt gerade das, was man unter Sportlern allgemein als eine »Packung« bezeichnet. Selbst Boris Becker und Roberto Blanco, die uns gegenüber unten fast direkt am Netz sitzen, sind sichtlich angeödet. Links von uns sitzen zwei korpulente Herren, Mitarbeiter einer bekannten landeseigenen Großbank, die wir zu diesem Termin als Gäste eingeladen haben. Zur Mittagszeit erkundigt sich meine Kollegin hilfsbereit: »Waren Sie schon essen?« Antwort ihres Sitznachbarn: »Nein, wir sind aus Dortmund.«

Lange Zeit war ich der Meinung, dieser Dialog sei an Sinnlosigkeit nicht mehr zu überbieten. Einige Jahre später trägt sich jedoch während einer Biathlon-Weltmeisterschaft folgende Szene zu: Ein russischer Biathlet kommt an eine Weggabelung, ist sich nicht mehr sicher, ob er hier in Richtung Ziel abbiegen muss, winkt und ruft einem der Ordner neben der Strecke Hilfe suchend zu: »Finish, Finish?« Der Skandinavier gibt zurück: »Nein, ich bin aus Schweden.«